Questo libro
appartiene a:

....

....

V
Ciao,
io sono
Valentina!

Benvenuti nel mondo di Valentina!

Ciao, io sono Valentina! Ho dieci anni e frequento la quinta elementare. Molti di voi mi conoscono già... ma quello che ancora non sapete, lo scoprirete in questi libri che narrano le mie avventure. Vi racconterò la mia vita di tutti i giorni e vi farò conoscere la mia famiglia, la mia classe, i miei amici e

Valentina

Mamma

Papà

il mio maestro. Le mie avventure spesso sono curiose e sorprendenti. Ma a me una vita monotona e sempre uguale non è mai piaciuta. E credo che non piaccia neanche a voi, no? Se è così, siamo in buona compagnia. Buona lettura, amici e amiche!

I Edizione 2002

15033 Casale Monferrato (AL) - Via del Carmine, 5
Tel. 0142/3361 - Telefax 0142/74223
www.edizpiemme.it

Stampa: G. Canale & C. SpA - Borgaro Torinese (TO)

Angelo Petrosino

L'estate di Valentina

Illustrazioni di Sara Not

PIEMME
Junior

*A Valentino, Stefano, Erica,
Fabrizio, Michele, Mara, Stefania,
Andrea, Adriano, Noemi, Matteo,
Simone, Alessandro, Alessandro,
Alessandro, Giulia ed Eliana*

RUMORE DI SCODELLE, TINTINNIO DI BICCHIERI...

Rumore di scodelle, tintinnio di bicchieri, posate che sbattono, latte che bolle, acqua che scroscia, acciottolio di piatti. Mia madre è in cucina e sta preparando la colazione.

Io, invece, mi sono appena svegliata e me ne sto accoccolata nel letto. Mi alzo o non mi alzo? Decido di pensarci un po'. Me lo posso permettere, perché ormai non devo più andare a scuola. Gli esami di quinta elementare sono finiti e le vacanze sono cominciate da più di una settimana.

Che bellezza! Niente più sveglia all'alba, niente più corse in bagno, niente più colazioni consumate in fretta.

Dò un'occhiata all'orologio sul mio comodino. Le otto e un quarto. Accidenti, quanto ho dormito! Dev'essere la stanchezza delle ultime settimane.

Sbadiglio e grido: – Mamma, sto per alzarmi!

– Fai pure con comodo, Valentina.

– Sei già pronta per andare al mercato?

– Quasi.

– Allora aspettami. Faccio colazione e vengo con te.

Mio fratello si rigira nel letto, nasconde la testa sotto il cuscino e borbotta: – Volete smetterla di gridare? Non si può mai dormire in pace in questa casa!

Alice esce dalla cesta, si stira, miagola e salta sul mio letto.

– Ciao, Alice, com'è il tempo?

Ma è inutile chiederglielo. Il sole penetra dalle fessure delle tapparelle e getta raggi luminosi nella stanza.

Alice si avvicina al mio viso e io l'avverto: – Guarda che non voglio essere leccata.

Ma lei si limita ad annusarmi e con una zampa mi tocca un braccio. Poi balza a terra, mi guarda con occhi fissi e aspetta... Aspetta che mi alzi e vada a riempire di croccantini la sua scodella. Poi c'è l'acqua da cambiare e forse la sabbia da sostituire...

Allora getto via coperta e lenzuolo, allargo le braccia e dico: – Buongiorno, mondo. Regalami una bella giornata.

UNA VACANZA IN MONTAGNA

– Ciao, mamma.

– Ciao, Valentina.

Sono già vestita, mi siedo al mio posto e guardo la tavola apparecchiata. Latte, cereali, marmellata, pane, miele...

Io la mattina mangio parecchio. Luca, invece, spilluzzica qua e là e fa sempre la faccia disgustata.

– Un po' di miele, Luca? – gli chiede mia madre.

A colazione, Luca fa sempre la faccia disgustata...

– Solo una goccia.

– Un po' di cereali nel latte?

– Solo quattro o cinque fiocchi.

– Un po' di marmellata sul pane?

– Solo un cucchiaino.

– Un po' di succo d'arancia?

– Solo un dito.

Io sbuffo e dico: – Quante storie! Certe volte ti comporti da bambino viziato. Voglio vedere come farai in colonia, senza la mamma al tuo servizio.

– Io in colonia non vengo.

– Peggio per te.

– Luca, vorrei tanto che ci andassi – gli dice mia madre. – Sono certa che ti divertirai.

Luca mugugna, dice qualcosa che non capiamo e va a vestirsi.

Io non potrei mai fare colazione in pigiama. Mi sembrerebbe di essere in ospedale.

Tra una decina di giorni, Luca e io passeremo una settimana in montagna.

Saremo ospiti di una colonia del comune di Torino e pagheremo pochissimo.

«È un'occasione da non perdere» ha detto mio padre.

Mia madre ci tiene molto che anche Luca partecipi al soggiorno. – Quel bambino è troppo pallido – mi ha detto. – Inoltre voglio che cominci a staccarsi un po' da me e impari a cavarsela da solo. Che ne dici, Valentina?

– Dico che hai ragione, mamma. Se non altro, imparerà a far colazione senza dire «solo un po' di questo, solo un po' di quello e niente di quell'altro».

Io vado volentieri in montagna. Anche perché verrà con me la mia amica Ottilia.

– Faremo in modo che sia una settimana piena di avventure – mi ha detto, quando abbiamo deciso di iscriverci insieme.

– Spero che non ci mettano il guinzaglio e che ci lascino libere ogni tanto – ho aggiunto io.

– Mi piacerebbe passare una notte in tenda da sola. Vedrai Valentina, ci divertiremo un sacco!

PREPARATIVI PER LA PARTENZA

Ci siamo. Domani si parte e i borsoni sono pronti. Quello di Luca è più gonfio del mio.

– Non esagerare – ho detto a mia madre.

– È meglio portare un po' di tutto, Valentina. Non sappiamo che tempo farà.

– È inutile che hai preparato il borsone. Tanto io non parto – continua a ripetere Luca a mia madre.

– Luca, sarà una bella esperienza, vedrai.

– Non ci vado. Farà freddo.

– È prevista una settimana di sole e farà caldo come in pianura – gli ho detto.

– Non ci vado. Mi verrà il mal di testa.

– Luca, smettila di cercare scuse – gli ha detto mio padre. – Sei un ragazzino, ormai, e dovresti diventare più indipendente.

Luca ha ripetuto: – Non ci vado. Io dormo bene solo nel mio letto.

– Se sei convinto che starai davvero male... – ha detto a un certo punto mia madre.

Allora mio padre le ha detto: – Eh, no, Maria, io non cambio idea. Luca partirà con Valentina e basta.

– Ma se...

– Ma se un bel niente. Vedrai che quando torna ci dirà grazie.

– Sono certo che tornerò magro come un grissino – ha borbottato Luca.

– Luca, guardami in faccia!

Luca ha fissato mio padre con uno sguardo implorante.

Mio padre si è addolcito e gli ha detto: – Si tratta solo di una settimana. Tua sorella starà con te, respirerai aria buona, e forse vivrai delle piccole avventure alla Robinson Crusoe.

– E chi è?

– Uno che naufragò su un'isola deserta.

– Io non voglio naufragare su un'isola deserta.

– In montagna non ci sono isole. Al massimo potresti perderti.

– Che cosa?!

– Dicevo così per dire – si è affrettato a rispondergli mio padre, nascondendo a stento un sorriso.

LONTANI DA CASA

– Ciao, Alice, sette giorni passano in fretta.

Alice si è strusciata contro le mie gambe ed è andata a nascondersi sotto il divano. Sembrava che capisse che stavo per partire.

– Sta' tranquilla, ci penso io a lei – mi ha detto mia madre.

Luca aveva la faccia scura, ma non ha più protestato. Prima di uscire di casa, si è gettato fra le braccia di mia madre e non voleva più staccarsi. Mio padre però gli ha detto: – Luca, è tardi e dobbiamo passare a prendere l'amica di tua sorella.

Ottilia ci aspettava sul marciapiede davanti a casa sua, è salita in macchina e siamo schizzati in direzione di Porta Susa.

Davanti alla stazione mio padre ha scaricato i nostri borsoni e li ha sistemati nel portabagagli del pullman.

– Ehi, ragazzino, guardami in faccia – ha detto a Luca prima di salutarci.

Poi lo ha preso in braccio, lo ha tenuto stretto e gli ha mormorato qualcosa in un orecchio. Quando lo ha rimesso a terra, Luca sembrava più tranquillo, anche se aveva gli occhi pieni di lacrime.

Una volta seduti, gli ho chiesto: – Che cosa ti ha detto papà?

– Mi ha promesso una cosa.

Subito dopo Ivrea, il pullman è entrato in Valle d'Aosta. All'uscita di Pont Saint Martin, ha imboccato la stretta valle di Gressoney.

– Ti piacciono le montagne? – ho chiesto a Ottilia.

– Preferisco il mare. Ma una settimana lontana da casa è sempre una bella esperienza.

– Noi al mare andremo in agosto.

– Dove?

– In Liguria, a Loano.

– Peccato che non possa venire con te.

– Tu dove andrai?

– In Puglia. I miei si sono innamorati del Gargano e ci tornano tutti gli anni.

ARRIVO IN COLONIA. CHRIS, UN RAGAZZO IN GAMBA

Il pullman si è fermato nel piazzale davanti alla colonia alle dieci e un quarto.

– Ciao a tutti! – ci hanno salutati un gruppo di ragazzi e di ragazze. – Siamo gli animatori.

Luca ha guardato con diffidenza una ragazza che gli ha fatto una carezza sulla

testa, gli ha preso il borsone e gli ha detto:
– Io mi chiamo Luisa. E tu?

Luca ha emesso un borbottio e Luisa gli ha detto: – Non ho capito.

– Si chiama Luca ed è mio fratello – sono intervenuta io.

Arrivati al piano in cui si trovavano le camere da letto, Luca e gli altri bambini sono stati sistemati nell'ala destra. Io, Ottilia e le altre bambine siamo andate a occupare l'ala sinistra.

– Dove vuoi dormire? – mi ha chiesto Ottilia.

– Nel letto di sopra.

Una delle animatrici, che si era presentata come Ornella, ci ha detto: – Sistemate i vostri vestiti negli armadietti, poi venite giù nel salone.

Quando ho aperto l'anta del mio, ho visto che c'era un orsetto di pezza.

– E questo che ci fa qui?

Ottilia gli ha dato un'occhiata e mi ha risposto: – Probabilmente lo avrà dimenticato chi ha dormito in questa camera prima di noi.

Ho annusato l'orsetto: sapeva di talco e di profumo. Forse erano gli odori della bambina che lo aveva posseduto.

Ho rimesso l'orsetto nell'angolino dove lo avevo trovato, ho finito di sistemare i miei vestiti nell'armadietto, e sono andata a trovare mio fratello.

Luca aveva rovesciato felpe, maglie, calze e canottiere sul letto, e guardava il suo mucchio di indumenti come se non sapesse che farsene.

– Non hai ancora messo a posto nulla? – gli ho chiesto.

– Perché non sei venuta prima?

– Perché dovevo mettere in ordine il mio armadietto. Qual è il tuo?

– Non lo so.

– È quello – ha detto un ragazzo che doveva avere la mia età. – Stavo per aiutarlo io.

– Ah, grazie – gli ho detto.

– I piccoli sono sempre un po' confusi.

– Io non sono un po' confuso – ha mugugnato Luca.

Già, sei *totalmente confuso,* sono stata sul punto di lasciarmi scappare. Ma mi sono trattenuta e gli ho detto: – Su, passami una cosa alla volta che riempiamo il tuo armadietto.

– Mi chiamo Chris – ha detto il ragazzo che dormirà nel letto sopra Luca.

– Io sono Valentina e lui è Luca.

– È la tua prima esperienza in colonia? – ha chiesto Chris a mio fratello.

Mio fratello lo ha guardato ma non gli ha risposto.

– È la prima volta che si trova in una situazione del genere – sono intervenuta.

– Sarà uno spasso, vedrai – ha detto Chris rivolto a Luca. – Io in questa colonia vengo tutte le estati, da quando facevo la prima elementare.

– Cosa ci faranno fare? – gli ho chiesto.

– Principalmente delle escursioni. Insomma, cammineremo parecchio.

A PRANZO CON CHRIS

Nel corso dell'assemblea, gli animatori ci hanno spiegato quale sarà il programma della settimana. Camminate e camminate: proprio come aveva detto Chris.

Ma anche boschi in cui passeggiare, piante e fiori da osservare, ruscelli da guadare e case abbandonate da esplorare.

– Attraverseremo posti pericolosi? Posti dove ci si può perdere? – ho chiesto.

– Non ci sono posti pericolosi lungo gli itinerari che abbiamo scelto. E nessuno si perderà, se resterete insieme.

– Voglio telefonare alla mamma – mi ha detto Luca quando l'assemblea è finita.

– Adesso andiamo a pranzo. Telefoneremo a casa più tardi.

Nel refettorio eravamo un centinaio in tutto e c'era molto rumore.

– Lei è Ottilia – ho detto a Chris.

– Ciao, Chris.

– Ciao, Ottilia.

Ottilia è ammutolita e ha continuato a guardare Chris come se fosse un animale raro.

Chris ha cominciato subito a parlare.

– Dove abiti? – mi ha chiesto.

– A Torino, in via Nino Oxilia.

– Dove si trova?

– Alla periferia nord.

– Io abito a Mirafiori, dalla parte opposta della città. Hai anche tu un fratello? – ha chiesto poi a Ottilia.

– Sì, è nato da poco. E tu?

– Io sono figlio unico.

– E ti piace? – gli ho chiesto.

– Non tanto. Ma ormai penso che dovrò rassegnarmi. I miei non vogliono altri figli, secondo me.

– Che lavoro fanno i tuoi?

– Mio padre fa l'impiegato. Mia madre, invece, è una specie di manager, lavora molto però guadagna anche tanto.

A quel punto Ottilia ha chiesto a Chris:

– Che altro si fa in colonia, a parte scarpinare?

– La sera si può giocare a biliardino, guardare la televisione o ballare.

– Ballare?

– I più grandi possono ascoltare musica. Ma dopo cena di solito sei talmente stanco che hai solo voglia di andare a letto.

TELEFONATA A CASA. "CHRIS È FAVOLOSO"

Appena abbiamo finito di pranzare, Luca mi ha trascinata alla cabina telefonica che c'è nell'atrio.

Ho preso dal marsupio una carta telefonica e ho fatto il numero di casa.

Il telefono ha squillato per ben sei volte,

prima che mia madre sollevasse la cornetta e dicesse: – Pronto?

– Ciao, mamma, sono io.

– Ciao, Valentina, come sta andando?

– Benissimo.

– Il tempo com'è?

– C'è un sole che spacca le pietre.

– Anche qui fa caldo. Come la sta prendendo Luca?

– Direi abbastanza bene. E credo che abbia trovato un altro angelo custode.

– E chi sarebbe?

– Un certo Chris.

– Dov'è tuo fratello?

– È qui con me. Non c'è papà?

– È andato a portare l'auto in garage.

– Ti passo Luca.

Mio fratello ha afferrato la cornetta e ha gridato: – Mamma?

Poi le sue parole sono state: sì... sì... no... no... sì... no... no... sì...

E ha concluso così: – Non so se riuscirò a dormire stanotte.

Ho ripreso la cornetta e ho detto a mia madre: – Stai tranquilla, dormirà.

Ho riattaccato e Luca mi ha chiesto: – Perché hai parlato di Chris?

– Perché è diventato nostro amico. Anche tuo, no?

Luca non mi ha risposto e siamo tornati da Chris e Ottilia.

– Ti va di venire con me? – ha chiesto Chris a Luca.

– E dove?

– A giocare a calcetto.

– Non sono capace.

– Ti insegno io.

Luca mi ha guardata e io gli ho detto: – Vado a lavarmi i denti e poi scendo in cortile con Ottilia. Ci vediamo più tardi vicino al pergolato di glicini. Tu cerca di divertirti con Chris.

Mio fratello ha seguito Chris, e Ottilia ha sospirato: – Quel ragazzo è favoloso. Me lo mangerei con gli occhi a colazione, pranzo e cena!

UN CUORE CHE MARTELLA, UN CIELO CHE INCANTA

Ieri sera, prima di andare a letto, ho telefonato ai miei. C'era una lunga fila davanti alla cabina telefonica, e Luca batteva i piedi e ripeteva: – Se avessimo un telefonino, non faremmo questa fila.

La fila a un certo punto è finita e abbiamo potuto telefonare.

Al termine della telefonata, ho detto a mio fratello: – Sono le nove e mezzo. È ora di andare a dormire.

– Lo so – ha borbottato come se gli avessi annunciato una tragica notizia.

Ho accompagnato Luca nella stanza dove avrebbe dormito con altri cinque bambini e l'ho aiutato a preparare il letto.

Ho sollevato il cuscino, ho tirato fuori il pigiama e ho piegato il risvolto del lenzuolo.

Luca si è seduto sul letto, io mi sono seduta accanto a lui e gli ho chiesto: – Ti aiuto a mettere il pigiama?

– So farlo da solo.

– Allora ci vediamo domani. Appena mi sveglio, vengo da te. Buonanotte.

Gli ho dato un bacio e sono andata nella mia stanza.

Ottilia era già in pigiama e passeggiava irrequieta.

– Cos'hai, sei nervosa? – le ho chiesto.

– Sì. Non so che cosa mi prende.

– Sarà la notte... Il pensiero dei tuoi...

– Ai miei non ci penso proprio. E la notte non mi spaventa.

– Allora?

– Allora forse è il mio cuore. Sento che batte ora troppo piano, ora troppo forte. Non è che magari ho qualche malattia? Che cosa dici, Valentina?

– Ottilia, non scherzare. Forse stai pensando a Chris.

A quelle parole, gli occhi di Ottilia si sono

illuminati. – Hai ragione. Dev'essere così. Infatti, appena hai pronunciato il suo nome, il cuore ha cominciato a martellare. Senti, senti come martella.

Ottilia mi ha afferrato una mano e l'ha posata sul cuore.

– Martella? – mi ha chiesto.

– A me sembra che batta in modo normale.

– Ti dico che martella, Valentina.

– Allora vedi di farlo calmare, altrimenti rischi di restare sveglia stanotte, e magari di tenere sveglia anche me...

– Tu hai sonno?

– Molto. E spero di fare una lunga dormita fino a domani mattina. Incubi di mio fratello permettendo. Speriamo bene. Buonanotte, Ottilia.

– Buonanotte, Valentina.

Prima di infilarmi sotto le coperte, ho guardato oltre i vetri della finestra. Il cielo era tutto pieno di stelle e quella vista mi ha incantata.

SI PARTE! DA UNA PIETRA ALL'ALTRA SUL RUSCELLO

– Avete controllato gli zainetti? – ci hanno chiesto gli animatori.

– Sìììì... – abbiamo risposto in coro.

Negli zainetti avevamo messo panini, bottiglie d'acqua, tovaglioli...

Abbiamo lasciato la colonia alle nove in punto e quasi subito abbiamo imboccato un sentiero che ci ha portati fino a un cocuzzolo dal quale si vedeva un'ampia vallata, con macchie di boschi e piccoli corsi d'acqua.

Ottilia a un certo punto ha detto: – Mi piacerebbe perdermi con Chris in uno di quei boschi.

– Attenta, non vorrei che il tuo cuore riprendesse a martellare. Abbiamo ancora un sacco di strada da fare – le ho detto.

Prima di fermarci per il pranzo, abbiamo scarpinato a lungo.

A un certo punto ci siamo trovati davanti a un ruscello.

Per attraversarlo abbiamo dovuto saltare da una pietra all'altra.

Ottilia ha rischiato di finire in acqua.

– Controlla il tuo cuore, Ottilia – le ho detto.

– Valentina, non fare la spiritosa. Se mi inzuppo d'acqua, sono guai.

– Allora bada a dove metti i piedi. E gli occhi – ho aggiunto.

Avevo notato benissimo che Ottilia non perdeva di vista Chris, e cercava di attirare la sua attenzione.

Io, invece, non perdevo di vista Luca.

Davanti al ruscello si è inchiodato come un mulo e non voleva proseguire. Ma quando Chris gli ha detto: – Dammi una mano, passeremo insieme –, Luca lo ha seguito a occhi chiusi.

– Gli sta proprio facendo da fratello maggiore – ha detto Ottilia. – È in gamba quel ragazzo. Ma perché non mi guarda mai?

Abbiamo dovuto saltare da una pietra all'altra...

Forse non gli piaccio. Devo trovare una scusa per scambiare quattro chiacchiere con lui. Se sapessi quale argomento lo interessa di più!

Dopo aver guadato il ruscello ci siamo fermati su un prato, e gli animatori ci hanno lasciati liberi di sederci sull'erba, di fare capriole e di mangiare.

DOV'È LUCA?

TUTTI SI SONO AFFRETTATI ad aprire gli zaini e il picnic è cominciato.

– Vieni, andiamo a sederci vicino a Chris – mi ha detto Ottilia afferrandomi per un braccio.

Chris e mio fratello erano seduti all'ombra di un pino e avevano già cominciato a mangiare.

– Possiamo sederci anche noi qui? – ha chiesto Ottilia.

Per un paio di minuti abbiamo mangiato in silenzio. Poi ho chiesto a Chris: – Sai già cosa faremo oggi?

– Probabilmente si torna in colonia. I più piccoli sono stanchi.

– Anche i grandi – ha detto Ottilia.

– Non ti piace camminare? – le ha chiesto Chris.

– Così così.

– Sei diversa da Valentina.

– Oh, no, io e Valentina ci somigliamo parecchio – lo ha corretto Ottilia. – È per questo che la nostra amicizia è a prova di bomba.

Chris ha scosso la testa.

Allora Ottilia gli ha chiesto: – Tu non hai un amico o un'amica del cuore?

– Non ne ho bisogno – le ha risposto Chris.

– Allora sei un tipo solitario.

– Sto bene con gli altri, ma non ho un amico o un'amica del cuore.

– Magari io e Valentina potremmo... – ha ripreso Ottilia.

Ma Chris non le ha prestato attenzione e mi ha chiesto: – Dov'è Luca?

– Era seduto con noi fino a un minuto fa – gli ho risposto balzando in piedi.

– L'ho visto allontanarsi da quella parte – ha detto Ottilia.

– Da quale parte?

– Di lì, verso il bosco, mi pare.

– Non lo vedo.

– Si sarà confuso con i piccoli – ha insistito Ottilia. – Continuiamo a parlare di noi. Stavo dicendo che...

Ma io non avevo nessuna intenzione di continuare a parlare di noi. E ho cominciato a guardare in tutte le direzioni.

– Stiamo calmi – ha detto Chris – e cerchiamolo.

– Perché si è allontanato senza avvisarmi?

Dopo una breve, inutile ricerca, siamo andati dagli animatori.

– Non troviamo il fratello di Valentina – ha detto Chris.

– Adesso raduniamo tutti – ha detto Luigi, che era il capo della spedizione.

Ha preso un fischietto, ha fischiato a lungo e quando tutti si sono raccolti intorno a lui, ha gridato: – Luca, dove sei? Alza una mano e fatti avanti.

Ma Luca non si è fatto avanti, perché non c'era. Ho cominciato a sudare freddo. Dov'era mio fratello? Luca non è il tipo da allontanarsi da solo, senza dire nulla.

SENTIERI NEL BOSCO. IN CERCA DI LUCA

Il sole ha cominciato a poco a poco a impallidire.

– Che ore sono? – ha chiesto Luigi.

– Le due e mezzo – gli ha risposto Deborah, una delle animatrici.

– Ormai è ora di tornare in colonia. Il cielo si sta velando.

– Noi non possiamo tornare in colonia senza mio fratello! – ho gridato.

– Non torneremo senza Luca, sta' tranquilla, Valentina.

Tranquilla? A quelle parole mi è venuto da piangere e da ridere nello stesso tempo.

– Io e Roberto faremo una puntata nel bosco – ha ripreso Luigi. – Voi potete avviarvi.

– Io vengo con voi – ho detto io.

– Vengo anch'io... Vengo anch'io... – hanno detto Chris e Ottilia.

– D'accordo, andiamo.

Arrivati in prossimità del bosco, abbiamo deciso di dividerci in tre direzioni.

Luigi e Roberto si sono separati, Chris Ottilia e io abbiamo imboccato un sentiero alla nostra sinistra.

Prima però Luigi ha detto: – Controlliamo gli orologi. Tra un'ora ci troviamo qui. Io ho il mio cellulare, Roberto ha il suo.

Noi non avevamo telefoni, ma abbiamo promesso che per le quattro precise saremmo stati di ritorno.

E siamo partiti.

Mi sembrava di vivere un sogno, e mi sono immaginata la faccia di Luca rigata di lacrime. Ai miei genitori ho preferito non pensare.

Il bosco è diventato subito molto fitto, e il sole entrava a sprazzi.

– Gridiamo tutti insieme il nome di Luca – ha proposto Chris.

E per cinque minuti il nome di mio fratello è riecheggiato nel bosco.

Ma la risposta che desideravo non è arrivata.

– E se avesse incontrato qualcuno? – ho balbettato.

– E chi? – mi ha chiesto Ottilia.

– Non lo so.

Ma a un certo punto abbiamo visto alla nostra sinistra una casa diroccata.

Dal comignolo usciva un filo di fumo. Dunque era abitata.

– Potrebbe essere lì dentro! – ho gridato.

– Andiamo a vedere – ha detto Chris.

UN UOMO SOLO E UN VECCHIO CANE

Giunti davanti alla casa, Chris ha gridato: – C'è nessuno?

Da una finestra con i vetri rotti, al primo piano, si è affacciato un uomo che, dopo averci guardato a lungo, ci ha chiesto: – Cosa volete? Non siete del paese. Non vi ho mai visti.

– Possiamo entrare? – gli ho chiesto.

– Entrate pure. Ma non ho tempo da perdere. Sto cucinando.

Abbiamo spinto una porta senza serratura e siamo entrati in una grande stanza dove c'erano solo una cassapanca e un paio di sedie zoppe.

Una scala conduceva al piano di sopra.

L'uomo, con i capelli arruffati e la barba incolta, si è affacciato da una ringhiera traballante e ha detto: – Venite su.

Siamo entrati in una stanza riscaldata

dal fuoco di un caminetto e l'uomo ha ripetuto la domanda che ci aveva rivolto dalla finestra: – Cosa volete?

– Stiamo cercando un bambino. Mio fratello – gli ho risposto trattenendo le lacrime. – Per caso lo ha visto passare?

– Io non ho visto nessuno. Nelle ultime tre ore sono rimasto in casa a dormire. Voi dovete essere i ragazzi della colonia.

– È così – ha detto Chris.

– Dovevo immaginarlo. Dove si è perso tuo fratello? – mi ha chiesto.

– All'ingresso del bosco, vicino al ruscello.

– Non so cosa dirti.

– Come mai vive solo da queste parti? – gli ha chiesto Chris.

– Sono fatti miei, ragazzo.

Poi ha aggiunto: – Dite un po', non penserete che nasconda un bambino in casa, eh?

Io ho sentito un brivido corrermi lungo la schiena e non gli ho risposto.

– Vivo qui da vent'anni – ha ripreso l'uomo. – Faccio dei lavoretti per la gente del paese e loro mi riforniscono del necessario. Ho solo lui e mi basta.

Quando ha detto "lui", un grosso cane, un pastore tedesco dagli occhi velati, è entrato nella stanza mugolando.

– Vieni qui, Sam – gli ha detto l'uomo. – Abbiamo dei bambini in visita, oggi. E non è mai successo.

Il cane ci ha annusati ed è andato ad accucciarsi accanto all'uomo.

– Sam è vecchio, ma ha ancora un buon fiuto – ha detto l'uomo accarezzando il cane sulla testa. E, rivolto a me, ha aggiunto: – Non ho nessuna idea di dove possa essere tuo fratello in questo momento.

– Perché non ci aiuta a cercarlo con il cane? – gli ho chiesto. – Ha detto che ha ancora un buon fiuto.

– Pensavo di non uscire di casa, oggi.

– Per favore! Si tratta di mio fratello!

L'uomo ha dato un'occhiata veloce fuori dalla finestra e ha detto: – Ci sono ancora un paio d'ore di luce.

All'idea che calasse il buio e che Luca si trovasse da solo in mezzo al bosco, mi sono messa a tremare di paura.

L'uomo ha detto: – Voi prendete il sentiero che conduce alla Roccia Grande.

Ci ha fatto segno di avvicinarci alla finestra e ci ha indicato un masso che troneggiava su una specie di collinetta.

– È quella – ci ha detto. – Io andrò nel bosco con Sam. Tra un'ora ci troviamo qui. Ho un vecchio corno con me: se trovo io tuo fratello, lo suonerò. Su, andate. Al buio tutto diventa molto più difficile.

RICORDI VICINI E LONTANI

– E se tuo fratello fosse in casa sua? – mi ha chiesto Ottilia quando siamo usciti.

– Mi è sembrato sincero – ha detto Chris.

Ottilia mi ha presa per un braccio e mi ha ricordato: – Non abbiamo mantenuto il patto con Luigi e Roberto. Magari hanno trovato loro tuo fratello. E se non lo hanno trovato, adesso staranno pensando che ci siamo persi anche noi tre.

– Mio fratello è da queste parti, lo sento.

– Lo senti, lo senti! Come fai a dirlo?

Ma non le ho risposto e mi sono affrettata a raggiungere quella che l'uomo aveva chiamato la Roccia Grande.

Dov'era Luca? Non riuscivo a pensare a lui com'era poche ore prima. Lo rivedevo com'era da piccolo. Quando eravamo andati a battezzarlo, quando lo avevamo portato al mare la prima volta, quando aveva cominciato la scuola elementare, quando aveva lanciato la locomotiva di un trenino elettrico dalla finestra e un vigile era venuto a riportarcela insieme alla minaccia di una denuncia.

Quante immagini e quanti ricordi si accavallavano nella mia testa... E intanto pensavo anche a mio padre e a mia madre, che non potevano immaginare quello che stava accadendo.

Una volta giunti alla Roccia Grande, l'abbiamo aggirata e ci siamo trovati davanti a una profonda rientranza, che si trasformava in grotta e che sembrava condurre nel cuore della montagna.

– Oh, no, ci mancava anche questa! – ha esclamato Ottilia. – Io non entro in quella caverna. E poi mi sembra così assurdo! Come poteva Luca arrivare fin qui? Secondo me se ne sta rannicchiato da qualche parte vicino al posto dove abbiamo fatto il picnic. Comunque di sicuro in questa grotta non può essere entrato. E non ci entrerò nemmeno io.

Stavo per dirle che io invece l'avrei fatto, quando abbiamo sentito il suono cupo e prolungato di un corno.

Abbiamo fatto subito dietro front e ci siamo messi a correre per tornare in fretta dall'uomo con il cane.

RITORNO IN COLONIA

Mancava poco, ormai, al tramonto, e gli ultimi raggi di sole arrossavano la casa diroccata.

Davanti all'abitazione, immobili come tre statue, c'erano l'uomo, il cane e mio fratello.

– Luca! – ho gridato.

E mi sono lanciata verso di lui. Volevo toccarlo subito, per essere sicura che non fosse una visione.

L'ho stretto talmente forte che a un certo punto mi ha detto: – Lasciami, mi stai facendo male.

– Cos'è successo? Perché sei sparito? Perché ti sei allontanato senza dir niente?

Ma Luca non ha risposto a nessuna delle mie domande. Ha solo detto: – Ho freddo.

Prima di andar via, ho ringraziato l'uomo.

– È stato Sam a trovarlo – mi ha detto.

Allora ho accarezzato il cane, che ha mugolato e mi ha leccato una mano.

– Forse... forse nei prossimi giorni verremo a trovarla – ho detto all'uomo prima di avviarmi. – Grazie ancora di tutto.

– Addio, ragazzi. E vogliate sempre bene ai cani.

Mezz'ora dopo, abbiamo incontrato gli animatori della colonia.

Arrivati in colonia, gli altri ragazzi avrebbero voluto festeggiare il ritorno di Luca.

Ma mio fratello aveva il viso infuocato, e ho preferito accompagnarlo a letto.

Il medico della colonia è venuto a visitarlo. Gli ha misurato la febbre e la pressione.

– Trentotto e mezzo – ha detto guardando il termometro. – Credo che sia l'effetto dello choc e della paura. Vero, giovanotto?

Luca ha chiuso gli occhi e il medico ha aggiunto: – Sono sicuro che non ci saranno complicazioni, stai tranquillo.

A cena non ho mangiato quasi niente.

– Non hai fame? – mi ha chiesto Ottilia.

– No.

– Non è che sei arrabbiata con me perché ti ho detto che in quella caverna non sarei mai entrata?

– Non ci pensare, adesso. Per fortuna è finita bene.

– Meno male che abbiamo incontrato l'uomo con il cane. All'inizio mi è sembrato un tipo poco raccomandabile. Ma poi ho capito che doveva essere una brava persona.

Dopo esserci infilate a letto, Ottilia ha sospirato: – Che giornata! Se i prossimi giorni ci riservano altre emozioni del genere, non potrò dire di essermi annoiata. Hai parlato con Chris?

– Sì, ha detto che stanotte baderà lui a mio fratello.

– Che ragazzo d'oro! Mi sai suggerire un pretesto per stare un po' con lui, Valentina?

– Non me ne viene in mente nessuno.

– Forse dovrei trovarmi in grave pericolo, così lui verrebbe a salvarmi. Allora io lo abbraccerei, e mi lascerei baciare per farmi consolare. Secondo me funzionerebbe. Mah, vediamo se riesco a sognarlo stanotte.

Mi sono addormentata quasi subito. Ma verso l'una, qualcuno mi ha toccato una spalla e mi ha svegliata.

– Chi... chi è? – ho chiesto senza aprire gli occhi.

– Ho paura... – ha biascicato Luca.

Mi sono spostata e gli ho detto: – Entra nel mio letto. Forse riusciamo a starci in due.

OTTILIA IN FESTA. PROMESSE E GIURAMENTI

Gli altri giorni in colonia sono passati tranquillamente. A parte quella volta in cui siamo stati sorpresi da un temporale.

Mai sentito dei tuoni così forti!

Ma è durato poco. Quasi subito è riapparso il sole.

– Si è trattato solo di uno sbuffo di aria fredda – ha detto Luigi.

– E se un fulmine mi avesse colpito in testa? – ha osservato Ottilia. – Mi avreste riportata gravemente ferita in città, e probabilmente vi avrebbero fatto chiudere la colonia. E nella peggiore delle ipotesi l'umanità non avrebbe potuto conoscere le strabilianti invenzioni che un giorno realizzerò. Chissà... forse qualcosa per chiudere il buco dell'ozono o per far andare le auto con latte e succo di frutta.

A queste ipotesi strampalate, Chris si è messo a ridere e ha detto a Ottilia: – Sei un bel tipo, non c'è che dire.

– In che senso? – gli ha chiesto lei.

– Sei allegra e fai ridere.

– Solo questo?

– Hai altre virtù che ignoro?

– Tantissime. Peccato che in colonia ci sia poco tempo per fartele conoscere.

– Quando torniamo a casa possiamo sentirci via telefono o via e-mail.

– Mi piacerebbe tanto, Chris!

Tornati in colonia, Ottilia non stava nella pelle.

– Valentina, dici che l'ho conquistato?

– Non saprei.

– Ma come, ha detto che mi telefonerà! Però deve darmi anche l'indirizzo di casa.

– Ottilia, non ti sembra di correre troppo? Le amicizie estive, in genere, lasciano solo dei bei ricordi. Ma tutto finisce lì.

– Io non voglio che tutto finisca qui. Come devo farti capire che Chris è il ragazzo della mia vita? E tu che sei mia amica, devi aiutarmi a raggiungere il mio obiettivo.

– Che cosa devo fare?

– Devi farmi da spalla finché non sono sicura di avere conquistato Chris.

– Va bene. Conta pure su di me.

– Oh, Valentina, come sono contenta che tu sia la mia migliore amica! Promettimi e giurami che lo sarai per sempre. Voglio che frequentiamo le stesse scuole, che ci sposiamo lo stesso giorno e che facciamo lo stesso numero di bambini.

– Non so se sarà possibile. In fondo, tu sei tu, e io sono io.

– Valentina, che significa? Non starai pensando di tradirmi!

– Ottilia, intanto pensiamo a come andrà domani. Al resto penseremo quando torniamo in città e via via che cresciamo.

UN BOSCHETTO DI LARICI

Oggi è stato il nostro ultimo giorno in colonia, e gli animatori ci hanno lasciati liberi.

– Partirete dopo pranzo – ci hanno detto. – Perciò godetevi la mattinata come volete.

Dietro la colonia ci sono prati e boschi

di larici, e Chris ci ha proposto: – Vi va di arrivare fin lassù?

– Con te mi va di fare tutto – ha mormorato Ottilia.

Chris deve averla sentita, perché si è messo a ridere. Io ho dato la mano a mio fratello, e Ottilia si è messa al fianco di Chris.

Per un quarto d'ora circa abbiamo camminato in silenzio. Poi Chris ha detto a Luca: – Adesso posso dirtelo. Ti è andata bene. Se fossi rimasto all'addiaccio tutta la notte, ti saresti trasformato in un ghiacciolo.

– Certo che se mi perdessi io, non so come reagirei – ha detto Ottilia. – E tu, Chris, come reagiresti?

– Se mi avventurassi da solo in montagna, ci andrei ben attrezzato.

A un tratto mi sono piegata in avanti e ho detto: – Ahi!

– Valentina, cosa è successo? – mi ha chiesto Ottilia.

– Ho messo male un piede. È meglio che mi fermi. Tu e Chris, però, potete proseguire. Vi aspetterò qui con Luca. Anche lui non ce la fa più a camminare.

Luca si è seduto accanto a me e si è messo a strappare ciuffi d'erba.

Ottilia mi ha guardata perplessa, e Chris le ha detto: – Facciamo un salto tra quei larici. La vista della valle è davvero stupenda da lassù.

Chris ha preso per mano Ottilia e si è allontanato con lei.

Io ho detto a Luca: – Hai visto? La settimana è volata. Il prossimo anno dovresti venirci da solo. Così dimostrerai a te stesso che sai cavartela anche senza di me.

– Io senza di te non vado da nessuna parte.

– Tu devi stare con quelli della tua età. Vedrai che presto ti annoierai a stare con me.

Luca ha continuato a strappare ciuffi d'erba, e io gli ho detto: – Smettila, altrimenti le mucche non potranno più venire a pascolare da queste parti.

– Ti fa ancora male il piede?

– No, mi è già passato.

– Come è successo? Non sei caduta né niente.

Ho preferito non rispondergli e, quando mi sono voltata, ho visto Ottilia e Chris sparire tra i larici.

IL RACCONTO DI OTTILIA

Mentre il pullman ci riportava a casa, Ottilia non ha smesso un momento di ricordare la passeggiata che aveva fatto insieme a Chris.

– Quando siamo entrati fra gli alberi c'era una tale pace ed ero così felice di dare la mano a Chris, che a un certo punto mi sono messa a piangere. Non sono proprio riuscita a trattenermi.

Allora Chris mi ha chiesto: «Perché stai piangendo?».

«Perché sono felice», gli ho risposto. «Tu come ti senti in questo momento?»

«Tranquillo.»

«Beato te. Io sono agitatissima.»

«Perché?»

Prima di rispondergli, ho respirato profondamente. Infine ho detto: «Perché sono vicino a te, Chris».

Chris si è fermato, mi ha guardata negli occhi e io ho pensato: adesso mi ride in faccia, oppure mi dà un buffetto su una guancia come si fa con le bambine piccole.

– E cos'ha fatto?

– Niente di tutto ciò, Valentina. Mi ha messo le mani sulle spalle e ha continuato a guardarmi in silenzio. Lo guardavo anch'io, e con gli occhi lo scongiuravo: «Di' qualcosa». Alla fine sono stata io a parlare, e ho detto: «Chris... credo di volerti bene». Allora lui si è chinato e mi ha baciata su tutte e due le guance. Credo che per un momento il sangue abbia smesso di scorrermi nelle vene. Poi mi sono affrettata a baciarlo anch'io sulle guance. Valentina, non credo che rivivrò mai più un momento del genere.

– Sono contenta per te, Ottilia. Adesso torni a casa più felice, no?

– Sì, ma anche un po' triste, perché per tutta l'estate Chris non sarà a Torino, e non potremo vederci nemmeno una volta. Come va il tuo piede?

– È sempre andato bene, Ottilia.

– Che cosa vuoi dire?

– Che ho semplicemente trovato una buona scusa per lasciarti sola con Chris.

Ottilia mi ha messo un braccio intorno alla vita e ha posato la testa sulla mia spalla.

Mio fratello stava chiacchierando con Chris, e io mi sono messa a guardare come cambiava il paesaggio a mano a mano che il pullman scendeva a valle.

Ciao, montagna, ho detto. Un altro bel po' di ricordi che si aggiungono agli altri. Ormai stanno diventando tanti, ma io non sono ancora stanca di viaggiare.

Ottilia faceva sogni con Chris...

RITORNO A CASA

I miei sono venuti a prenderci in auto davanti alla stazione di Porta Susa, e mentre andavamo a casa mio padre ha detto: – A cena ci racconterete tutto.

Luca, invece, si è messo a raccontare subito.

Ha riferito un sacco di cose che non erano del tutto vere e non ha mai parlato di spavento, paura o cose del genere. Insomma, sembrava che si fosse comportato come l'eroe di un film o di una storia a fumetti.

Io ho preferito non contraddirlo e anzi mi sono appassionata ai suoi racconti, come se non sapessi proprio niente.

Dopo cena, mia madre mi ha chiesto: – È andata proprio così?

– Non proprio.

Mio fratello è andato subito a letto, io invece sono rimasta a chiacchierare con i miei.

– Indovina chi ha telefonato? – mi ha chiesto mia madre.

– Stefi?

– No, Lia.

– Mia cugina!

– Già. Ha detto che le hai fatto una promessa e pretende che la mantieni.

– Quale promessa?

– Di passare con lei una settimana nella sua villa di Sirmione, sul lago di Garda.

– È vero, ne abbiamo parlato quando è stata da noi.

– Comunque richiamerà domani.

– Non sono mai stata sul lago di Garda.

– Allora approfittane per fare una bella vacanza, Valentina – mi ha detto mio padre. – La zia Cosetta, la mamma di Lia, non ti farà mancare niente. Ti troverai bene, vedrai.

Prima la montagna, adesso il lago e ad agosto il mare. Non male come estate, ho pensato. Speriamo che Lia mi chiami presto, così ci organizziamo.

UNA TELEFONATA DA SIRMIONE

La telefonata è arrivata alle nove di sera, mentre ascoltavo la musica nella mia camera.

– Pronto?

– Ciao, cugina. Ti sei dimenticata di me?

– Ciao, Lia, come stai?

– Divinamente, adesso che è finita la scuola. Ricordi la tua promessa?

– Sì.

– Bene, allora ti aspetto.

– Quando?

– Lunedì prossimo. Ce la fai ad arrivare in mattinata?

– Credo di sì. Dove devo scendere?

– A Desenzano. Verrò a prenderti io. Come te la stai passando?

– Sono appena tornata dalla montagna.

– È stato bello?

– È stato avventuroso.

– Continui a vedere Ottilia? Ed è sempre la tua migliore amica?

– Sì.

– Beh, per qualche giorno fa' in modo di scordartela. Non voglio che si intrometta fra noi due.

– Sei sempre così autoritaria, Lia?

– Vorrei essere io la tua migliore amica. La settimana passata a Torino a casa vostra mi ha fatto capire tante cose, tra cui l'importanza dell'amicizia. Ma approfondiremo l'argomento quando vieni. Ah, ho una sorpresa per te.

– Non sarà un altro regalo!

– No, è un'altra cosa. A proposito, continui a mettere la collana che ti ho regalato?

– Sì.

– Portala. Mi piacerà vedertela al collo.

– E se tua madre...

– Mia madre no...

– Cosa hai detto?

– Niente, fa parte della sorpresa. Aspetto che mi telefoni per dirmi a che ora arrivi.

– Ti richiamo tra poco. Sento i miei.

Mio padre si è seduto davanti al computer, ha avviato il collegamento a Internet e mi ha spiegato: – Adesso cerchiamo il sito delle Ferrovie dello Stato e in pochi secondi sapremo a che ora puoi partire, a che ora arriverai e se è necessario cambiare treno.

Ed è stato proprio così. Ho stampato l'itinerario e gli orari dei treni e ho richiamato Lia.

– Arriverò a Desenzano alle dieci e un quarto – le ho detto.

– Ottimo, così potrò dormire almeno fino alle nove.

– Attenta a non dormire oltre e a non lasciarmi alla stazione!

– Tranquilla, cugina. Sono troppo felice di vederti, per lasciarti tutta sola a Desenzano. Ci sarò e ti salterò in braccio.

Saltarmi in braccio? Se ci avesse provato, mi avrebbe buttata a terra. Lia è alta come una tredicenne, non come una che ha poco più di dieci anni, come me.

Comunque da lei c'è da aspettarsi di tutto. Chissà, forse è per questo che mi piace.

Sono andata a dormire e ho pensato a che cosa devo mettere in valigia.

INCONTRO CON LIA

A Desenzano il treno è arrivato puntuale e Lia mi aspettava sul marciapiede del primo binario.

Non mi è saltata in braccio, ma mi ha stretta come se temesse di vedermi volar via da un momento all'altro.

– Ciao, Lia. Noto che la tua forza è aumentata parecchio – le ho detto.

– Dai, Valentina, stringimi forte anche tu e fammi capire che sei davvero contenta di rivedermi.

– Lo sono.

– Non hai dei brutti ricordi della mia permanenza a Torino?

– No.

– Stai mentendo. Ti ho fatta cadere nelle acque del Po, sono stata la causa del tuo danno all'orecchio... A proposito, è guarito bene?

– Non ho più avuto alcun fastidio.

– Dammi la valigia e andiamo a prendere il taxi.

– Sei venuta da sola?

– Con i soldi in tasca, non ho problemi a muovermi.

– Ah, i tuoi soldi! Ne hai sempre tanti?

– Sempre. Però, da quando ti ho incontrata, ho imparato a spenderli meglio. Insomma, faccio meno pazzie di una volta. Ma ne faccio ancora.

– Ti ricordi quando al ristorante ti sei ingozzata e poi sei stata male?

– Mi ricordo, mi ricordo. Come vanno le cose con Tazio? Continui a essere innamorata di lui?

– Insomma...

– Cosa vuol dire, insomma?

– Insomma...

– E dai, Valentina, non fare la timida. Con me non attacca. Continuate a vedervi?

– Insomma...

– Di', è l'unica parola che è rimasta del tuo vocabolario?

– Insomma...

– Basta, andiamo a prendere il taxi. Avremo altre occasioni di parlare di amici e di fidanzati.

Davanti alla stazione c'era un taxi bianco. Lia si è seduta con me sul sedile posteriore e ha detto all'autista: – Ci porti a Sirmione, per favore.

Il taxi è partito, ha imboccato un viale e si è diretto verso il lago.

– Ieri su Internet ho letto qualcosa su Sirmione. Insomma, è un'isola o una penisola?

– È una penisola, perché è attaccata alla terra ferma. Ma siccome ne è anche staccata da un canale sul quale c'è il ponte di un castello, è come se fosse un'isola.

Il taxi ha cominciato a costeggiare il lago

e ha attraversato, uno dopo l'altro, paesi dai nomi strani...

– Dunque questo è il lago di Garda – ho detto. – Mi ricorda un po' il lago di Zurigo, dove sono stata in gita con il maestro.

– Adesso è finita con i maestri. Da settembre cominceremo ad avere a che fare con i professori.

– Io spero di trovarmi bene nella nuova scuola.

– Vedrai che ci tratteranno subito da adulti e cominceranno a fioccare le punizioni. Cioè, fioccheranno per me, che non riesco a stare ferma un momento e che non ho tanta voglia di studiare. Tu, invece...

– Io sono più o meno come te, Lia, non pensare...

– Non è vero. Tu hai meno grilli per la testa.

– Scherzi? Ho la testa così piena che, più che da grilli, sembra abitata da uno sciame di api.

– Ecco, siamo arrivate.

UNA GRANDE VILLA, UNA VISTA DA SOGNO

Il taxi si è fermato nel piazzale davanti al castello, Lia ha pagato, mi ha presa sottobraccio e mi ha detto: – Benvenuta a Sirmione, Valentina.

Abbiamo superato un ponticello di pietra e siamo entrate in paese.

Mi ha subito colpito il fatto che, dovunque mi girassi, vedevo solo stradine e piazzette. La gente camminava gomito a gomito. E poi c'erano tanti ristoranti, tante gelaterie, tanti negozietti!

– Scommetto che, tolti i turisti, in questo posto non resta quasi più nessuno – ho detto.

– Hai indovinato – ha ammesso Lia.

Arrivati in piazza Carducci, Lia mi ha detto: – Laggiù c'è il pontile e la nostra barca. Una gitarella sul lago non ce la toglie nessuno, uno di questi giorni.

– Spero che sarà più tranquilla di quella sul Po.

– Non preoccuparti, questa volta non finirai in acqua.

Abbiamo risalito altre stradine e infine ci siamo fermate davanti a un cancello. Lia l'ha aperto, mi ha spinta lungo un vialetto e mi ha detto: – Preparati a entrare nella mia villa. Anzi, ci sei già, perché queste piante, questi pergolati e questo giardino sono nostri.

In quel momento un giardiniere ha alzato la testa da una fila di fiori e ha detto: – Buongiorno, signorina Lia.

– Buongiorno, Oreste, e buon lavoro.

– Grazie, per oggi ho finito.

Lia ha infilato la chiave nella toppa e mi ha mormorato: – Oreste lo sa che non mi piace essere chiamata signorina. Ma lo fa perché glielo ha detto mio padre. Signorina! Mi sembra una cosa ridicola, alla nostra età. Vieni, accomodati.

La casa era in penombra. Alle finestre c'erano tende ricamate, i tappeti coprivano ogni centimetro di pavimento, si intravedeva un caminetto e una scala di legno conduceva al piano di sopra.

– Qui è tutto doppio e triplo – mi ha detto Lia. – Doppi bagni, triple camere da letto e così via. In dieci minuti ti faccio vedere tutto. Ma prima ti mostro la tua camera.

Lia mi ha accompagnata al piano di sopra, ha aperto una porta e siamo entrate in una stanza nella quale dominava il colore azzurro. Azzurri i mobili, azzurre le sedie, azzurra la coperta del letto, azzurro lo scendiletto, azzurra una lampada a stelo e azzurre perfino le tendine alle finestre.

– È la stanza degli ospiti – ha detto Lia. – Ti piace?

– Mi piace molto. Per fortuna è azzurra e non rosa.

Lia ha aperto la finestra e, oltre una barriera di pini, si vedeva il lago.

– Una vista da sogno, non trovi, Valentina? – mi ha detto Lia.

– Eh, sì! – ho esclamato.

– Vuoi darti una sciacquata al viso e alle mani?

– Sì, grazie.

– Ti faccio vedere dov'è il bagno.

Il bagno era grande come un salone, e i rubinetti parevano d'oro...

– Sembra di essere nel bagno di un albergo a cinque stelle – ho detto. – Come hanno fatto a fissare quel grande specchio alla parete?

– Mah, chi lo sa. Ti aspetto in camera tua, Valentina.

Quando sono uscita dal bagno, Lia mi ha detto: – Vieni a vedere la camera da letto dei miei.

Ha spinto una porta in fondo al corridoio, mi ha fatta entrare e mi ha chiesto: – Te l'aspettavi una cosa del genere?

E mi ha indicato un enorme letto a baldacchino.

– Ma questo è un letto da regine! – ho esclamato, entusiasta.

– Secondo me è ridicolo ed esagerato.

Ma i materassi sono comodi. Li ho provati più di una volta. E adesso hai l'occasione di provarli anche tu.

– Non ci penso nemmeno. Non voglio che i tuoi se ne accorgano. A proposito, quando tornano?

– Fra quattro giorni.

– Cosa!?

– Non ci sono, Valentina. Sono in viaggio. Perciò la villa è a nostra completa disposizione. Ho preferito non dirlo ai tuoi, perché ho avuto paura che non ti avrebbero lasciata venire. Era questa la sorpresa. Sei contenta?

– Sì, ma...

– Niente ma. Sai cosa facciamo stasera? Dormiamo nel lettone dei miei. Così, prima di addormentarci, ci sfiniamo di chiacchiere. Tanto, domani possiamo alzarci anche a mezzogiorno.

– Sarebbe uno spreco, Lia. Io voglio visitare la penisola, o isola che sia.

– La visiterai. E adesso, per cominciare, ce ne andiamo a mangiare al ristorante.

Non ho nessuna voglia di mettermi a cucinare. Magari ci proviamo stasera, per vedere cosa riusciamo a combinare insieme. Su, seguimi.

PIZZA E TORTA AL RISTORANTE DI ARMINIO

Siamo uscite dalla villa in jeans e maglietta, e tre minuti dopo siamo entrate in un ristorante vicino al lago.

– Ciao, Lia – ha detto un uomo dietro il banco.

– Ciao, Arminio. È libero il mio tavolo?

– È libero.

– Oggi non sono sola. Perciò la pizza falla più buona del solito. Così mia cugina ti fa pubblicità anche a Torino.

– Accomodatevi, vi servo subito.

Ci siamo sedute a un tavolo appartato in

una veranda, e Lia mi ha detto: – Vengo a mangiare sempre qui, quando i miei non ci sono. Arminio mi tratta bene e non mi fa aspettare. Ho chiesto la pizza perché mi piace. Ma tu forse preferisci un piatto di pasta, di pesce o di riso.

– La pizza piace anche a me.

– Allora la pasta la cuciniamo stasera. Hai mai provato la pasta già cotta e surgelata? A casa nostra la compriamo spesso. Dato che mia madre non ha mai tempo di cucinare, butta quella pasta in padella e in cinque minuti è pronta da mangiare. Nel nostro freezer ce ne sono di vari tipi. A cena scegliamo quella che ci ispira di più e facciamo festa ai fornelli.

Arminio ci ha portato il menu, e sia io sia Lia, abbiamo scelto una pizza con parecchi ingredienti.

Quindici minuti dopo, avevamo davanti a noi due pizze che sembravano grandi tavolozze di colori.

Ho annusato quella che avevo nel piatto,

e il mio pensiero è corso alla pizza che avevo mangiato a Zurigo.

È incredibile come io non dimentichi nulla e come basti un profumo, un sapore o un colore per richiamare alla memoria fatti e persone che ho incontrato mesi o anni prima.

Dapprima ho cercato di mangiare la pizza usando forchetta e coltello. Poi ci ho rinunciato, e ho deciso che era più comodo prendere con le mani una fetta alla volta.

Devo essermi sporcata parecchio, perché Lia mi ha detto: – Ti farei una foto: sei molto buffa.

Arminio è venuto a portarci dell'acqua e ha osservato: – Vedo che la state gustando davvero.

– Complimenti – ho biascicato, mentre mi pulivo la bocca e il mento con un tovagliolo. – Erano secoli che non mangiavo una pizza così buona.

– E non abbiamo ancora finito: aspetta di assaggiare la torta alla frutta – ha detto

Lia, facendomi venire l'acquolina in bocca.

La torta è arrivata subito dopo, e a ogni morso mi sembrava di avere in bocca il sapore di una dolcissima macedonia.

– Basta così? – ci ha chiesto Arminio quando abbiamo finito.

– Basta così – gli ha risposto Lia. – Portami il conto, per favore.

Lia ha pagato, ha lasciato una mancia e mi ha detto: – Adesso andiamo in riva al lago.

Il vento era calato e l'acqua del lago era quasi calma. I cigni camminavano impettiti sul pontile e reclamavano cibo dai turisti.

Anche a Zurigo c'erano i cigni...

– Quella è la mia barca – ha detto Lia.

La barca era ormeggiata a un palo e dondolava pigramente in una specie di darsena.

– Però non la useremo oggi – ha continuato Lia. – Oggi ho voglia di camminare e fare un giretto per il paese.

Mi ha presa sottobraccio e ci siamo allontanate dal lago.

DISCORSI A CENA

Ci siamo dirette verso un grande parco e prima di entrarci Lia mi ha detto:
– Per di lì si va alle grotte di Catullo. Sono molto suggestive, vedrai.

Nel parco c'erano molti bambini che correvano sui prati e Lia è andata a sedersi su una panchina all'ombra di un platano.

– In questo parco vengo spesso – mi ha detto. – Il guaio è che ci vengo da sola.

– Non sei riuscita a farti una vera amica?

– Anche quest'anno frequenterò una scuola privata. Per me non è l'ambiente giusto per fare amicizie. Ciascuno studia per diventare chissà chi e gli amici se li cerca fuori dalla scuola. Oh, Valentina, vorrei abitare a Torino con te! Pensi che se pagassi una specie di retta a tuo padre, potrei essere ospitata a casa tua?

– Casa nostra non è un albergo, Lia. E

poi non c'è spazio, lo sai. Infine, non credo che i tuoi...

– Hai ragione, non ha senso pensarlo. Sono condannata a vivere in un mondo troppo perfetto. Dai, raccontami qualcosa di te.

– Di cosa vuoi che ti parli?

– Di quello che vuoi. Parlami dei libri che leggi, delle tue amicizie, dei tuoi amori...

– Tu corri troppo con gli amori, Lia.

– Ci sono tante specie d'amore. E io vorrei conoscerne bene almeno una. Andiamocene, mi sto annoiando.

Siamo tornate sul lago, ci siamo fermate davanti a un paio di negozi che vendevano guide di Sirmione, calendari e ricordini, e infine Lia mi ha trascinata quasi di corsa davanti a una grande gelateria.

– I gelati li pago io – ho detto.

– Non se ne parla nemmeno. Sarai mia ospite per tutta la vacanza.

Quando siamo tornate a casa, Lia ha acceso lo stereo, ha infilato un CD dopo l'altro, ha accennato qualche passo di danza e all'ora di cena mi ha detto: – Sotto con la pasta!

Ha tirato fuori dal freezer un sacchetto di pasta con le melanzane e l'ha rovesciata in una padella.

– Ho visto come fa mia madre – ha detto. – La pasta non si deve scongelare. Basta metterla in padella con due cucchiai di olio.

Dieci minuti dopo, abbiamo mangiato una pasta calda e saporita.

– Oggi anche una imbranata come me è in grado di mettere un piatto decente in tavola – ha detto Lia. – Eh, sì, fanno di tutto per semplificarci la vita.

– Comunque, se l'avesse cucinata mia madre sarebbe stata più buona – ho detto.

– Beata te, che hai una madre che ha il tempo di cucinare. Ma non si annoia a stare sempre in casa?

– Non sta sempre in casa. Va a fare la spesa, ha un'amica al piano di sopra, fa i compiti con Luca, va al cinema e qualche volta a teatro con papà. Ma vorrebbe anche lavorare. A me, però, non piacerebbe. Quando torno da scuola, preferisco trovarla a casa. Però forse sono un po' egoista. Io, da grande, non solo voglio lavorare, ma voglio anche viaggiare come la mia amica Stefi.

– Chi è?

– Mi sembrava di avertene parlato quando sei venuta a Torino. Stefi è la più cara amica di mia madre. Fa la giornalista, e mi ha portata in viaggio in Cornovaglia.

– Sparecchiamo?

– I piatti li lavo io.

– Questo te lo concedo.

Verso le dieci ci siamo preparate per andare a letto. Prima, però, ho telefonato ai miei.

Il letto dei genitori di Lia era davvero enorme. E ho dovuto letteralmente scalarlo per arrivare a stendermi sul materasso.

– Attenta a non agitarti troppo e a non finire sul pavimento – mi ha detto Lia. – Da questa altezza, ti faresti un bel bernoccolo.

Il letto dei genitori di Lia era davvero enorme.

ALLE GROTTE DI CATULLO

La notte è trascorsa tranquilla e quando ho aperto gli occhi, ho fatto un po' di fatica a raccapezzarmi. Lia era coricata su un fianco e dormiva con i pugni serrati sulla bocca. Il sole che entrava dalla finestra era come un invito a saltare giù dal letto e ad andare fuori.

E sono davvero saltata. Ma sono ruzzolata sul pavimento.

– Ahi! – ho gridato.

Credevo che Lia si sarebbe svegliata. Ma il rumore del mio tonfo non ha superato la soglia del suo sonno.

Mi sono massaggiata un ginocchio e sono andata in bagno.

Quando ho finito, mi sono vestita e ho fatto un po' di rumore per svegliare Lia. Ma non c'è stato niente da fare.

Allora sono andata in cucina, ho aperto

alcuni sportelli e frugato in vari armadietti. Infine ho apparecchiato mettendo in tavola cereali, biscotti, marmellata, latte, succhi di frutta, miele e yogurt.

Stavo per attaccare a fare colazione, quando Lia si è presentata sulla soglia della cucina con i capelli scarmigliati e gli occhi gonfi di sonno. Aveva un aspetto buffissimo, con i pantaloni del pigiama arrotolati fino alle ginocchia, e le ho detto: – Adesso so che cosa significa dormire come un ghiro!

Lia ha sbadigliato e ha esclamato: – Ho una fame! Ma prima vado a farmi la doccia.

Un quarto d'ora dopo è tornata in cucina pimpante e allegra, e ha detto: – Voglio far fuori tutto quello che c'è in tavola.

Quando ha terminato di far colazione, si è stirata e ha detto: – Stamattina andremo alle grotte di Catullo.

Siamo uscite di casa verso le undici, e lungo la strada che conduceva alle grotte abbiamo incontrato varie comitive di turisti muniti di macchine fotografiche e di telecamere.

Mi hanno colpito subito gli alberi di ulivo. Ce n'erano tanti e sembravano feriti. Infatti la maggior parte aveva il tronco spaccato.

Sotto di noi vedevo il lago, alcuni tratti di spiaggia e diversi bagnanti che prendevano il sole.

All'ingresso delle grotte abbiamo comprato un biglietto e siamo entrate.

– Tutti le chiamano grotte, ma in realtà sono i resti di una villa romana – mi ha spiegato Lia.

La villa si trovava proprio sulla punta della penisola di Sirmione, e da lassù la vista del lago era bellissima. Io guardavo il paesaggio, incantata.

– Chi ha costruito questa villa sapeva cosa faceva – ha detto Lia. – Sembra una piccola città. La mania di grandezza e il gusto delle comodità esistevano anche allora, evidentemente.

LA CASA È STREGATA!

Tornate a casa, Lia ha messo in funzione la lavatrice e mi ha detto: – Preparo una tisana alle scorze di frutta.
Ha messo sul fuoco un pentolino colmo d'acqua e mi ha proposto: – Mentre aspettiamo che bolla, accendiamo il computer?

Siamo andate nella sua camera, abbiamo avviato il computer e Lia ha detto: – Colleghiamoci a Internet. Voglio scaricare un po' di musica.

– Conosci la password? – le ho chiesto.

– È inserita automaticamente.

– Vuoi dire che i tuoi ti lasciano navigare da sola senza controlli?

– Certo.

Lia si è collegata, poi ha preso un floppy disk, lo ha inserito nel lettore e ha digitato l'indirizzo di un sito che conteneva decine e decine di canzoni e di colonne sonore.

– Ecco, vedi? Con un clic me li passo sul dischetto, così posso ascoltarli quando voglio. Ti va di sentirne uno?

Lia ha acceso le casse acustiche collegate al computer e nella stanza si è diffusa una musica ad alto volume.

– Meraviglioso! – ha esclamato.

In quel momento, però, ho sentito una puzza di bruciato che mi ha fatto balzare in piedi. E quasi subito la stanza è stata invasa dal fumo.

– Va a fuoco la casa! – ho gridato.

Anche Lia è saltata in piedi e ha urlato: – Il pentolino!

Quando sono arrivata in cucina, ho chiuso la manopola del gas e ho spalancato la finestra.

Sia io sia Lia ci siamo messe a tossire e a lacrimare.

– Che disastro! – ha esclamato Lia.

– Ci vorranno giorni prima che l'odore scompaia – ho detto preoccupata. – È stato assorbito dai muri, dai mobili, dalle tende, da tutto. E quando tornano i tuoi genitori...

– Ormai è fatta. Dobbiamo metterci il cuore in pace.

Ma non è stato possibile, perché quando siamo andate in bagno per lavarci le mani e il viso, abbiamo visto un laghetto d'acqua davanti alla porta.

– Oh, no, spero che non si sia allagato il bagno! – ha gridato Lia.

Invece era successo proprio quello. Il tubo della lavatrice era saltato fuori dalla vasca e il pavimento era coperto da uno strato scivoloso di acqua saponata.

– Basta, io me ne vado! – ha detto Lia.

– E dove? – ho sospirato. – Bisogna asciugare in fretta l'acqua, se non vogliamo che finisca nelle altre stanze. Dove sono gli stracci?

– Credo nello stanzino.

Dopo aver spento la lavatrice, ci siamo tolte scarpe e calze e ci siamo messe ad asciugare.

Alla fine eravamo così stanche, che ci

siamo sedute per terra nel corridoio, e ci veniva da piangere.

– Sono distrutta! – si è lamentata Lia con un filo di voce. – Cos'altro succederà adesso? Forse è meglio se ce ne andiamo in albergo. Stasera la casa è stregata!

– Ci conviene andare a letto – ho proposto. – Io ho voglia solo di dormire.

Quando siamo andate nel lettone, ci siamo addormentate all'istante, senza nemmeno darci la buonanotte.

IN BARCA, LUNGO LA COSTA, PER DIMENTICARE

AL RISVEGLIO, Lia mi ha chiesto: – Che ore sono?

– Le otto e mezzo. È ora di alzarci. Vado a vedere in che condizioni è la cucina.

Il fumo aveva lasciato una patina di grigio

su ogni cosa. Ho tirato su la tapparella e ho spalancato la finestra.

– Secondo me bisognerebbe passare un po' d'acqua e detersivo dappertutto – ho gridato a Lia. – Altrimenti i tuoi se ne accorgeranno subito.

– E chi se ne importa? – mi ha risposto dalla camera da letto. – Dirò che mi sono addormentata, o che ero in bagno.

Lia si è affacciata in cucina in pigiama e mi ha detto: – E se ci fosse stata un'esplosione? Forse in questo momento saremmo ancora sotto le macerie.

– Per fortuna siamo ancora vive – le ho detto abbracciandola. – E sai una cosa? Ho una fame che non ci vedo.

Ci siamo lavate e vestite in fretta e abbiamo messo in tavola latte, cereali, biscotti e marmellata.

– Stamattina ti porto in barca – mi ha detto Lia dopo la colazione.

– Lascia perdere. Abbiamo una serata terribile alle spalle.

– Appunto per questo. Non c'è modo migliore per dimenticarla. Navigheremo lungo la costa e approderemo in un posto che conosco solo io.

Alle dieci e mezzo eravamo sul pontile. Lia mi ha aiutata a salire sulla barca, ha afferrato i remi e si è messa a remare.

Il lago era piatto e mi sono goduta il paesaggio che mi circondava.

Intanto ripensavo alla telefonata che avevo fatto a casa una mezz'ora prima.

– Ciao, mamma.

– Ciao, Valentina. Sta filando tutto liscio?

– Sì, mamma.

– Mi passi i genitori di Lia?

– Non ci sono. Sono usciti prestissimo stamattina. Mamma, va tutto bene.

– E Lia? Posso parlarle?

Quando le ho passato la cornetta, Lia ha detto, senza riprendere fiato: – Ciao, zia. Qui il tempo è bello e le giornate sono magnifiche. Valentina mangia con appetito e ha messo su almeno un chilo. Non le manca niente e dorme bene. È tutto a posto, anzi a postissimo. Ciao, zia, e su con la vita.

Lia ha riattaccato e io le ho detto: – Potevi almeno lasciarmi salutare mio fratello.

– Meglio di no, Valentina. Sei stata brava a raccontare quella bugia, ma ho avuto paura che ti tradissi.

La barca scivolava dolcemente sul lago, e a un certo punto ho chiesto a Lia: – Dove stiamo andando?

– Laggiù, in quella cala tra le rocce.

LUCCICHII E RIFLESSI TRA LE ROCCE

Lia ha manovrato con abilità la barca e siamo approdate su un tratto di spiaggia isolata.

– Eccoci arrivate – ha detto saltando a

terra. – Credo di essere l'unica a conoscere questo posto.

Ci siamo sedute e abbiamo chiuso gli occhi.

– Mi piacerebbe naufragare su un'isola deserta – ha detto a un certo punto Lia. – Io a casa ho tutte le comodità che voglio. Perciò vorrei vedere come riuscirei a cavarmela non avendo nulla o pochissimo a disposizione. Forse morirei nel giro di tre giorni. Dove non puoi comprare niente, i soldi non servono.

Ho riaperto gli occhi e il mio sguardo si è posato su una frattura di roccia, lontana alcune centinaia di metri dal punto dov'eravamo.

– Non ti sembra che luccichi qualcosa laggiù? – ho chiesto a Lia.

Anche Lia ha riaperto gli occhi, e ha fissato il punto che le indicavo.

Era come se qualcuno stesse manovrando un pezzo di vetro contro il sole.

– Forse ho capito! – ha esclamato Lia.

– Dev'essere qualcuno che ci sta osservando con un binocolo o un cannocchiale. Che rabbia! Non sopporto di essere osservata a mia insaputa. Ehi, spione, ce ne siamo accorte! – ha gridato facendo una smorfia in direzione dei riflessi che continuavano a brillare tra le rocce.

– Per me non è un'esperienza nuova – le ho detto. – Pensa che ci hanno spiato perfino in casa.

E le ho raccontato del nostro vicino, delle lettere anonime indirizzate a mio padre, della lettera che gli avevo scritto a mia volta e che avevo lasciato davanti alla porta del suo appartamento, e infine della sua fuga all'alba.

Abbiamo lasciato perdere i riflessi e abbiamo chiuso di nuovo gli occhi. Si stava davvero d'incanto su quella spiaggia. Il silenzio era rotto soltanto dalla lieve risacca del lago o dal grido di un gabbiano.

– Lo sai che ho cominciato a usare il diario? – mi ha detto Lia. – All'inizio non avrei mai pensato che sarei riuscita a riempire tante pagine. Vuoi che te ne faccia leggere qualcuna?

– Devi essere tu a deciderlo.

– Ne parliamo quando torniamo a casa.

Un'ora più tardi, siamo risalite in barca e siamo tornate al pontile dal quale eravamo partite.

Dopo aver pranzato da Arminio, siamo rientrate alla villa.

La puzza di fumo si sentiva ancora. E così ho chiesto a mia cugina: – Quando tornano i tuoi?

– Domani sera.

– Dimmi la verità: lo sanno che mi hai invitata?

– No.

– Quindi saranno sorpresi di trovarmi qui.

– No, perché tu partirai prima. Così non ne sapranno nulla e noi avremo un segreto da condividere. Con i tuoi non si sentono mai, e quindi non avranno occasione di parlare di questa gita.

– Allora bisogna che chiami i miei, per avvisarli che arrivo domani.

– Ho già controllato gli orari. Il treno parte da Desenzano alle tre del pomeriggio.

DIVERSE? NON TANTO, FORSE

Dopo cena, Lia mi ha fatto leggere il suo diario.

Molte pagine erano dedicate ai giorni che aveva passato con me a Torino. Aveva annotato tutto: l'incidente sul Po, il furto nel supermercato, l'invito a pranzo, lo scontro col poliziotto...

– È stata una bella fortuna averti conosciuta, Valentina – mi ha detto quando ho finito di leggere il diario. – Sono sempre stata piuttosto sola. Anche con le mie compagne di scuola non sono riuscita a legare granché perché mi sembrano tutte un po' snob. Tu invece sei sincera e leale. Pensa se fossimo vicine di casa, e andassimo nella stessa scuola l'anno prossimo! Potremmo fare i compiti insieme, andare in bici nel parco, giocare a nasconderci nelle grotte di Catullo, fare delle gite in barca... Adesso non ho più voglia di fare le cose da sola. Voglio avere vicino qualcuno con cui condividerle. Me ne sono resa conto meglio in questi giorni. Hai visto che ce la siamo cavata niente male, nonostante il fumo e il bagno allagato?

Ho messo giù il diario e ho guardato Lia con affetto. Ho pensato che nemmeno Ottilia mi aveva mai parlato con tanta sincerità. Lia aveva bisogno di me, e forse anch'io avevo bisogno di lei. Proprio perché era diversa da me. Diversa? Non ne ero più tanto sicura.

Mi sono alzata e sono andata ad abbracciarla.

– Ti voglio bene, Lia – le ho mormorato in un orecchio.

Lia mi ha fatto leggere il suo diario...

LA NOSTALGIA

– Che tristezza! Già parti – ha sospirato Lia.

– Ci rivedremo – le ho detto.

– E quando?

– Magari durante le vacanze di Natale. Potresti venire tu da me.

– I miei vorranno portarmi in montagna a sciare.

– Ci incamminiamo? Non vorrei perdere il treno.

– Aspetta, voglio che tu te ne vada con un altro regalo. Lascia solo che lo trovi.

Lia si è messa a frugare in una scatola piena di bambole di pezza e alla fine ha tirato fuori un Pinocchio di legno verniciato di rosso e di verde.

– Me l'hanno regalato quando avevo sei anni – mi ha detto. – Ma adesso voglio che lo tenga tu.

– Perché?

– Per ricordarti le bugie che hai detto a tua madre per causa mia.

Ho abbracciato Lia, ho messo Pinocchio nel mio borsone e siamo uscite di casa.

Il cielo aveva un colore grigio e le acque del lago erano livide.

– A che ora tornano i tuoi genitori? – ho chiesto a Lia.

– Prima di cena.

– La puzza di fumo non si sente quasi più.

– Mia madre ha un naso sensibilissimo. Sono certa che se ne accorgerà.

– Hai già deciso che cosa le dirai?

– Mi inventerò qualcosa più tardi. Io sono una Pinocchia matricolata, cosa credi?

– Tu sei tante altre cose, Lia.

– Per esempio?

– Sei la migliore cugina che ho.

Lia ha sorriso e ha indicato il taxi posteggiato nella piazzetta, sotto gli alberi.

Il tassista ha caricato il mio borsone nel portabagagli, e noi due ci siamo sedute sul sedile posteriore, tenendoci per mano.

Durante il tragitto non abbiamo detto una parola, finché siamo arrivate alla stazione di Desenzano. Quando il treno è stato annunciato dall'altoparlante, ci siamo abbracciate un'ultima volta e ci siamo promesse di telefonarci più spesso.

Per un po' dal treno ho goduto la vista del lago, poi è venuta Brescia, poi Milano, infine Torino.

Mio padre mi aspettava alla stazione, e quando siamo saliti sull'auto per tornare a casa, mi ha chiesto: – Sbaglio o ti vedo un po' giù?

– No, è che... sto pensando a Lia.

– Avete bisticciato?

– Sono stata benissimo con lei.

– E allora?

– Sai cos'è la nostalgia, papà?

– Credo di sì.

– Ecco, è quella che provo io.

– Su, le vacanze non sono ancora finite. Il mese prossimo si parte per il mare, tutti insieme. Sei contenta?

PAURA IN GALLERIA

– Siamo proprio sicuri di aver preso tutto? – ha chiesto mio padre prima di salire in auto.

– Credo di sì – gli ha risposto mia madre. – Tu che ne dici, Valentina?

– A me sembra che non abbiamo dimenticato nulla, mamma.

– Tutt'al più compreremo sul posto quello che manca.

– Allora possiamo andare – ha concluso mio padre.

Appena abbiamo imboccato l'autostrada per Savona, Luca si è addormentato.

– Non correre – ripeteva mia madre a mio padre.

– Ma se sto andando come una lumaca!

– La prudenza non è mai troppa. Voglio che i bambini arrivino sani e salvi a destinazione.

– Solo i bambini? Noi no?

Quando sale in macchina, mia madre diventa nervosa. E anche stamattina lo era.

– È vero che quest'autostrada è un po' pericolosa? – ha chiesto a mio padre.

– Forse una volta. Adesso le corsie sono raddoppiate in più punti.

– Ed è vero che... Attento, quell'auto ci viene addosso!

All'urlo di mia madre, mio padre ha sterzato bruscamente e per poco rischiava un incidente.

– Maria, si può sapere cosa ti prende?

– Ci stava venendo addosso, non hai visto?

– Ma se andava per la sua strada! Sai cosa dovresti fare? Dovresti chiudere gli occhi e provare a dormire, come fa Luca. Anzi, adesso accosto e fai passare Valentina davanti.

– Eh, no! In caso di scontro sarebbe la prima a farsi del male. Lasciala stare dov'è.

– Ah, Maria, sei troppo nervosa!

– Non leggi i giornali, Stefano? Non ascolti le notizie alla televisione? Non conosci le statistiche catastrofiche sugli incidenti che avvengono sulle autostrade?

– Basta, mamma. Non fare l'uccello del malaugurio – le ho detto.

– Valentina, le statistiche dicono...

– Che se non la smetti di parlare, torno indietro e prendiamo il treno – ha minacciato mio padre.

– Va bene, la finisco. Tu però rallenta un po', per favore.

– Se vado ancora più piano, cominceranno a strombazzarmi.

– E tu non farci caso. Che imparino a guidare rispettando le regole!

– Accendo la radio, così vediamo di rallegrare l'atmosfera.

– Per favore, non farlo.

– Perché?

– Potrebbe distrarti dalla guida. Quanto ci vuole per arrivare?

– Dipende dal traffico che troviamo.

A un certo punto, abbiamo incontrato una carreggiata più stretta, e per alcuni chilometri abbiamo proceduto a passo di formica.

– Che guaio! – ha borbottato mia madre. – Di questo passo non arriveremo mai.

– Non eri tu quella che preferiva viaggiare con prudenza? – le ha chiesto mio padre.

Finalmente siamo arrivati a Savona, e abbiamo visto in lontananza il mare.

– Ah, ci siamo! – ha sospirato mia madre.

In realtà non c'eravamo affatto, perché a quel punto mio padre ha imboccato l'autostrada per Ventimiglia.

Mia madre lo ha lasciato in pace, così lui ha potuto guidare con tranquillità. A un certo punto ha anche acceso la radio e si è messo a fischiettare.

Io guardavo il mare alla mia sinistra e le montagne alla mia destra. Tranne nei tratti in cui eravamo in galleria.

Le gallerie mi fanno un po' paura, lo ammetto, mi danno un senso di angoscia e sospiravo di sollievo ogni volta che l'auto usciva da un tunnel e correva al sole.

– Adesso sì che ci siamo! – ha esclamato mio padre, quando ha pagato al casello d'uscita di Loano.

INCONTRO IN SPIAGGIA

La casa che avevamo affittato era a poche decine di metri dalla spiaggia. E quando mi sono affacciata al balcone del soggiorno, avevo il mare a portata di mano.

– Vi piace? – ha chiesto mio padre.

– È bellissimo, papà – gli ho risposto.

Mia madre è entrata subito in azione.

– Diamo un'occhiata al bagno e vediamo in che condizioni è.

Dopo un rapido esame, ha detto: – Io una ripassatina gliela darei. Valentina, andresti a comprare qualche detersivo per pulire, per favore?

Quando sono tornata a casa, mio padre

ha detto a mia madre: – Non voglio che ti metti a trafficare in cucina. Vado a comprare qualcosa di già pronto. Vieni con me, Valentina?

– Certo, papà.

Un quarto d'ora dopo eravamo di ritorno. Mia madre aveva apparecchiato e stava chiedendo a Luca: – Sei sicuro di star bene?

– Sì, sì.

– Allora perché sei così mogio?

– Perché ho dormito poco.

– Mah, speriamo bene.

– Lascialo stare, Maria – ha detto mio padre. – È il cambiamento di clima. Domani il nostro Luca salterà come un grillo. Vero, Luchino?

– Non voglio che mi chiami così.

– Ah, ma allora sei proprio nervoso, oggi. Adesso mettiti a tavola e facciamo festa a queste spigole. Ho preso anche delle alici e delle sardine.

Verso le tre sono andata in spiaggia con mio fratello. Vedendo il mare mi è venuta voglia di entrare in acqua, ma avevo mangiato da poco.

La spiaggia era piena di gente, di ombrelloni e di bambini che si rincorrevano lanciandosi palloni e brandendo secchielli e palette.

Un uomo con una pancia enorme ne ha minacciato uno dicendogli: – Se ti prendo il pallone, te lo buco. Andate a giocare più in là.

Il bambino ha tirato fuori la lingua ed è scappato.

Io sono andata oltre e ho visto tante ragazze della mia età che indossavano costumi interi o due pezzi, che prendevano il sole e si spalmavano la crema solare sulle braccia.

Una era allungata su una sdraio sotto l'ombrellone e stava leggendo un libro. Mi sono chinata per leggere il titolo, ma la ragazza se n'è accorta e mi ha chiesto: – Ti interessa?

– Volevo vedere se l'ho già letto.

Quando mi ha mostrato la copertina, ho detto: – Non lo conosco. È bello?

– Molto. È la seconda volta che lo leggo. Sei arrivata da poco?

– Sì.

– Da dove arrivi?

– Da Torino.

– Io da Palermo.

– Non avete un bel mare in Sicilia?

– Abbiamo un mare bellissimo. Ma qui sono ospite della mia madrina, Reginella. Eccola, è quella lì.

E mi ha indicato una donna robusta che rideva allegramente in compagnia di altre persone.

– Come ti chiami?

– Valentina.

– Io Cathy. A che ora conti di venire in spiaggia domani?

– Verso le nove.

– Dovrei esserci anch'io per quell'ora.

– Allora a domani, Cathy.

– A domani, Valentina.

UNA MADRINA E UNA FIGLIOCCIA

Stamattina siamo arrivati in spiaggia alle nove precise, e ho detto a mio padre: – Piantiamo l'ombrellone laggiù. Ieri ho conosciuto una ragazza e dovrebbe arrivare tra poco.

Cathy e la sua madrina sono arrivate quasi subito. Dopo le presentazioni, Reginella ha chiesto a mia madre: – Le piace chiacchierare?

– Abbastanza.

– Allora penso che andremo d'accordo. Sarei curiosa di sapere...

Cathy mi ha presa per mano e mi ha detto: – Vieni, Valentina, andiamo a fare una passeggiata.

Quando siamo state lontane dai nostri ombrelloni, è scoppiata a ridere e mi ha detto: – Spero che a tua madre piaccia davvero chiacchierare. Quando comincia a parlare, Reginella non la finisce più. Conosce tantissime persone, e prova una vera gioia nel raccontare storie. Il guaio è che non è altrettanto brava ad ascoltare. Quanti anni hai, Valentina?

– Quasi dieci e mezzo. E tu?

– Dodici. Ti piace leggere?

– Sì.

– Io mi consumo gli occhi sui libri. E mia madre sta sempre a rimproverarmi. Per forza, lei non ne ha mai letto uno. Quando vado a letto, chiudo la porta della mia camera. Infatti mi piace leggere anche a letto, prima di addormentarmi. Mia madre lo sa e vorrebbe controllare. Ma quando bussa, io non le rispondo. Allora lei dice: «Lo so che stai leggendo. Si vede la luce da sotto la porta». Ma dimmi di te: ne hai di amiche?

– Sì.

– Come si chiama la tua migliore amica?

– Ottilia.

– Io non ho una migliore amica. Sono

tutte così così. Come ti trovi a Torino?

– Bene.

– Dicono che gli inverni sono umidi e freddi da voi.

– È vero.

– Io non li sopporterei. Sono troppo abituata al caldo della Sicilia. Entriamo in acqua?

Ma appena l'acqua mi è arrivata alle ginocchia, ho cominciato a tremare: era fredda!

– Ci conviene aspettare ancora un po' – ha detto Cathy.

Siamo tornate sulla spiaggia, ma un paio di ragazzi sono arrivati di corsa e ci hanno rovesciato addosso un secchiello pieno di acqua gelata.

Io sono rimasta a bocca aperta, senza parole, e Cathy ha detto: – I soliti spiritosi che fanno scherzi di cattivo gusto. Vieni, andiamo sotto l'ombrellone a spalmarci un po' di crema solare. Tra poco il sole comincerà a scottare.

A CASA DI REGINELLA

Ho passato tutta la mattinata con Cathy. Siamo entrate in acqua insieme, abbiamo chiacchierato e abbiamo passeggiato insieme sulla spiaggia.

– Ci vediamo anche oggi pomeriggio? – mi ha proposto prima di andare a pranzare.

– Certo.

– Dove alloggi?

– In quel condominio.

– La casa di Reginella è vicino alla chiesa. Passo a prenderti io, d'accordo? Dimmi un'ora.

– Facciamo verso le quattro?

– Va bene.

Cathy mi ha fatto visitare quasi tutta Loano. E alla fine mi ha chiesto: – Vuoi salire un momento dalla mia madrina?

Reginella ci ha accolto con un gran sorriso. Quando l'ho osservata con attenzione, ho capito a chi assomigliava, non solo nel fisico, ma anche nel carattere. Reginella sembrava il ritratto di mia zia Elsa.

– Lo sa che lei mi ricorda qualcuno? – le ho detto.

– Chi?

– Mia zia.

– Spero che tua zia sia un bel tipo.

– Lo è. Ha una bella casa, sa?

– Vero? È antica ma ha tutte le comodità. Potrebbe ospitare un paio di famiglie. Tua madre mi piace molto, Valentina, e siamo già diventate amiche. Penso che l'anno prossimo potrei ospitarvi io.

– Non si sente sola in questa grande casa?

– Una donna se ne prende cura tre volte la settimana, e a me basta affacciarmi da uno dei balconi per trovare qualcuno disposto a chiacchierare. Questa casa un giorno sarà della mia Cathy – ha concluso guardando la sua figlioccia con tenerezza.

Poi Reginella mi ha chiesto: – Sei contenta di aver conosciuto Cathy?

– Andiamo d'accordo – le ho risposto.

– Cathy è una ragazzina in gamba. Legge più libri lei di una bibliotecaria.

– Anche a me piace molto leggere.

– Allora penso che accetterai con piacere un regalo. Vieni con me, ti faccio vedere una cosa.

Dopo aver percorso un paio di corridoi, Reginella si è fermata davanti a una porta e mi ha detto: – Valentina, stai per fare un tuffo nel passato.

L'ha aperta e siamo entrate in una stanza che aveva delle pesanti tende alle finestre. Reginella le ha scostate, e alla luce del sole ho visto che le pareti erano coperte di scaffali stracolmi di libri. Erano tutti rilegati e la maggior parte avevano le copertine di cuoio. Nell'aria c'era un odore di antico, come quello che avevo sentito quando il maestro ci aveva portati a visitare la biblioteca civica di Torino.

– Sorpresa? – mi ha chiesto Reginella.

– Molto – le ho risposto in un soffio.

Gli scaffali alle pareti erano stracolmi di libri...

– Questi libri sono qui da non so quanti decenni. Alcuni risalgono ai primi anni dell'Ottocento e io li ho ereditati insieme alla casa. C'è di tutto. Perfino libri per ragazzi. Scegli pure.

Scegliere? E quale? Non osavo nemmeno toccare quei libri che avevano resistito per secoli e si preparavano a resistere per chissà quanto tempo ancora.

– Non saprei... – ho detto.

– Allora scelgo io per te. Vediamo... ecco qua... preferisci *Piccole donne* o *Il giardino segreto*?

– *Il giardino segreto*.

Reginella allora ha preso da uno scaffale e mi ha messo in mano un grande volume, dicendomi: – Adesso chiudiamo le tende e torniamo a sederci di là.

Mentre mi accompagnava a casa, Cathy mi ha detto: – Reginella è una persona molto generosa. Non ti avevo ancora parlato di quella incredibile biblioteca, perché ero sicura che lo avrebbe fatto lei.

DISCORSI CON PAPÀ. RITORNO ALL'ALBA

Ieri sera, di ritorno dal cinema dove ero stata con papà, prima di andare a letto mi sono affacciata dalla finestra della camera dove dormo con Luca.

Mio fratello dormiva da un pezzo e io mi sono messa a guardare il mare e i pescatori che si allontanavano in barca dalla riva, con le lampare accese.

Dovevano essere molto silenziose le loro notti: le stelle in cielo, il mare intorno. A cosa si pensa mentre si aspetta che il pesce resti impigliato nelle reti?

Quando le barche sono diventate dei puntini di luce quasi indistinguibili, me ne sono andata a letto.

E ho ripensato al film che ero andata a vedere con papà. Era molto divertente e ci ha fatto ridere parecchio.

Mi piaceva veder ridere mio padre. E gli ho detto: «Quando ridi, sembri un bambino. Eri un bambino allegro, papà?».

«Sì.»

«E a scuola eri bravo?»

«Ero un po' agitato e me la cavavo meglio in matematica che in italiano. Comunque non studiavo mai troppo. Tu sei molto più brava di me, quando avevo la tua età.»

Stamattina mi sono svegliata poco prima dell'alba e mi sono affacciata alla finestra. Il mio sguardo si è posato subito su una barca che si stava avvicinando alla riva. A bordo c'era un pescatore che remava con calma, e nella barca c'era una piccola quantità di pesce.

Avrei voluto guardare da vicino i pesci che guizzavano e fare molte domande all'uomo, che aveva un berretto rosso in testa.

L'ho osservato mentre ormeggiava la barca e saltava a terra. Poco dopo è arrivato un ragazzo che doveva avere la mia età.

Ha aiutato l'uomo a scaricare il pesce e a metterlo in un paio di cassette.

L'uomo ha affidato le cassette al ragazzo, poi ha spinto la barca in mare, è salito a bordo e si è messo a remare verso un pontile poco lontano.

A CHI PIACCIONO LE NOVITÀ

Stamattina mi sono svegliata di nuovo prima dell'alba, ho scostato le tendine dalla finestra e ho rivisto il pescatore.

Questa volta il ragazzo non è venuto, e l'uomo ha trascinato da solo a riva la rete nella quale danzavano decine di pesci.

Allora mi sono vestita in fretta, mi sono data una pettinata e sono scesa in spiaggia.

Mi sono avvicinata all'uomo come se mi trovassi lì per caso e gli ho detto: – Buon giorno. Ha fatto buona pesca?

L'uomo mi ha guardata un po' sorpreso e mi ha chiesto: – Come mai così mattiniera?

– Da quando sono al mare mi sveglio presto. Lei va a pescare tutte le notti?

– Ogni volta che il mare è tranquillo.

– E cosa se ne fa di tutto questo pesce?

– Lo vendo, naturalmente.

– Vive solo di questo?

– Più o meno.

– L'ho vista anche ieri mattina, sa? E ho visto anche il ragazzo che è venuto a ritirare il pesce. Chi è?

– Mio figlio.

– Stamattina non c'è.

– Viene ad aspettarmi un paio di volte la settimana. Non voglio che perda troppo sonno. È ancora piccolo.

I pesci continuavano a dibattersi nella rete, e l'uomo ha cominciato a raccoglierli e a sistemarli nelle cassette.

– Questo è uno sgombro, questa è una triglia e questa è una sarda – mi ha detto. – Ne vuoi qualcuno da portare a casa?

– Non ho i soldi per pagare.

– Non voglio che mi paghi.

L'uomo ha raccolto un po' di pesci in un cartoccio e me li ha passati dicendo: – Potete cucinarli come volete. Tu come li preferisci?

– Alla griglia.

– Anch'io.

Ho guardato il sole che saliva piano piano in cielo, e ho detto all'uomo: – Avrà sonno, immagino.

– Dormirò oggi pomeriggio. Tra un'ora i miei clienti saranno al mercato ad aspettarmi.

– Come fa a restare sveglio tutta la notte?

– Questione di abitudine.

– Io non credo che ce la farei.

– Potresti provarci. Con chi sei al mare?

– Con i miei genitori e mio fratello.

– Che tipo è tuo padre? È un pantofolaio?

– Mio padre è uno che ama le novità, come me.

– Allora chiedigli se ha voglia di accompagnarti in mare, stanotte. Stasera alle dieci io sarò di nuovo qui. Se volete, potete passare la notte insieme a me a raccogliere pesci.

– Dice davvero?

– Sì. Anche a me piacciono le novità. Così vedrò fino a che punto sei capace di resistere al sonno.

– Glielo chiederò senz'altro. Ah, mi piacerebbe proprio!

– Allora a stasera. Forse.

UNA DECISIONE DIFFICILE

Sono tornata a casa di corsa. Non volevo che i miei si accorgessero della mia assenza e mettessero in subbuglio il condominio.

Per fortuna dormivano ancora. Mia madre ha cominciato a fare la cura del sonno, e se ne sta a letto ben oltre l'ora in cui è solita alzarsi quando siamo a Torino.

Ho messo il pesce in una vaschetta di plastica e ho posato la vaschetta nel lavandino. Poi sono andata in bagno a lavarmi.

Mi stavo stropicciando gli occhi, quando ho sentito un grido: – E questo cos'è?!

Sono uscita dal bagno, sono andata in cucina e ho visto mia madre in camicia da notte che fissava sbalordita un pesce che sbatteva la coda sul pavimento.

– Come ha fatto a saltare fuori dal lavandino? – ho chiesto.

– Tu sapevi che quel pesce era nel lavandino?

– Certo, ce l'ho messo io insieme agli altri.

– Valentina...

– È andata così, mamma.

E le ho raccontato della mia "fuga" al mare poco prima.

– Come hai potuto essere così imprudente? – mi ha chiesto quando ho finito.

– Sono solo due passi da casa, mamma.

– E ti metti a parlare anche con gente che non conosci!

– Era un pescatore, e abbiamo parlato di pesca e di pesci.

– Valentina, è meglio che rifletti di più, prima di prendere certe iniziative.

– Oh, mamma!

– Che succede? – ha chiesto mio padre entrando in cucina.

– Sai che cosa ha fatto tua figlia?

Ho riassunto anche a mio padre la conversazione che avevo avuto col pescatore, e gli ho parlato della sua proposta di pescare insieme la prossima notte.

– Sarebbe una bella esperienza, papà, ci pensi? – ho concluso.

– Non ne dubito. Ma è meglio farla con degli amici, non con uno sconosciuto.

– E se andassimo a trovarlo al mercato e gli parlassi di persona?

Mia madre però è intervenuta dicendo: – Non se ne parla proprio –. E, rivolta a mio padre, ha aggiunto: – Sei d'accordo anche tu che è un'idea senza senso?

Mio padre non le ha risposto e mi ha guardata perplesso.

Un'ora dopo eravamo al mercato, io e lui. Il pescatore aveva venduto tutto e stava per portar via la bilancia.

– Ecco, è lui – ho detto a mio padre.

Mio padre ha salutato l'uomo, ha parlato a lungo con lui e infine gli ha detto: – Ci penserò.

– Io partirò alle dieci precise – ha detto il pescatore.

Mentre tornavamo indietro, ho chiesto a mio padre: – Ti ha convinto?

– Sembra un tipo a posto. Ma non si sa mai.

– Di cosa hai paura, papà?

– Che non sappia manovrare la barca.

– Non è un pescatore alle prime armi. E poi ho sentito alla televisione che le previsioni meteorologiche sono buone.

– Ci tieni proprio tanto a fare questa esperienza, Valentina?

– Mi piacerebbe molto, papà.

Mio padre allora ha detto: – D'accordo. Ma solo se riesco a convincere tua madre. Se rifiuta di lasciarti andare, temo che dovrai rinunciare alla tua avventura in mare.

Mia madre ha subito puntato i piedi, ma alla fine mio padre è riuscito a convincerla. Le ha detto che avrebbe portato il cellulare, due salvagenti e che avrebbe chiesto all'uomo di mantenersi sotto costa.

NOTTE SUL MARE

– Copriti bene – mi ha raccomandato mia madre, prima che uscissi di casa.

– Metterò anche la sciarpa e il berretto di lana – le ho detto.

Luca mi guardava come se fossi una marziana che si accinge a fare un viaggio interplanetario.

– Sei matta? – mi ha chiesto.

– Perché?

– E se la barca si capovolge?

– È inutile che cerchi di spaventarmi.

– Non hai paura del buio?

– La barca avrà una lampara.

– E tu che farai mentre il pescatore pesca?

– Magari lo aiuterò a pescare.

– Per me faresti meglio a restare a casa.

– Non hai spirito avventuroso, Luca.

– E tu sei troppo scatenata.

– Scatenata? Che vuoi dire?

Ma mio fratello mi ha ignorata ed è andato a dormire.

– Buona sera – ci ha salutati il pescatore, che ci aspettava sulla riva con una mano posata sul timone della barca.

– Buona sera – ha ricambiato mio padre. – Notte tranquilla, eh?

– E mare piatto. I pesci abboccheranno di sicuro. Prego, salite.

Mio padre mi ha sollevata da terra e mi ha posata nella barca.

Poi ha preso posto accanto a me, e il pescatore ha spinto l'imbarcazione in mare.

La barca ha oscillato solo per i primi metri, poi si è messa a scivolare lentamente sull'acqua. Il rumore dei remi che entravano e uscivano dall'acqua era molto dolce, e mi è venuta voglia di chiudere gli occhi e di addormentarmi.

Ma non dovevo assolutamente farlo.

– Mi dispiace non poterla aiutare a remare – ha detto mio padre al pescatore.

– Basto io – ha detto l'uomo.

– Non le ho chiesto nemmeno come si chiama.

– Ferdinando. Sono di Caserta. Nella mia famiglia facciamo i pescatori da generazioni. Ma forse questa tradizione sta per finire.

– Come mai?

– È un lavoro duro, e non rende molto. Perciò voglio che mio figlio faccia altro. Deve studiare. È sveglio e a scuola prende sempre buoni voti. Non so da chi ha preso. Mia moglie e io siamo quasi analfabeti.

A un certo punto la barca ha cominciato a oscillare, come se ricevesse dei colpi dal basso e da prua.

– Che succede? – ha chiesto mio padre.

– Sono le onde di una nave che sta passando al largo – gli ha risposto Ferdinando. – Noi siamo arrivati. Questo è un buon posto per pescare.

Mentre Ferdinando gettava le reti in mare, ho alzato gli occhi e mi sono messa a osservare le stelle.

Erano tante e sembravano accendersi e spegnersi. Forse qualcuna moriva, un'altra nasceva, un'altra era già morta ma sembrava ancora viva.

Poi ho guardato l'orizzonte che si distingueva appena, quindi la spiaggia. La costa era tutta illuminata, ma i profili delle montagne si vedevano bene.

Che cosa stava facendo mia madre in quel momento? Era sveglia e pensava a noi? E Luca, era rimasto nel suo letto o era corso a stringersi a lei?

Ho alzato gli occhi per osservare le stelle.

Mi sono piegata oltre il bordo della barca e ho infilato due dita in acqua. Ma le ho ritirate subito. Forse, se ce le avessi lasciate, un pesce le avrebbe scambiate per esca e sarebbe venuto a morderle.

– Adesso non ci resta che aspettare – ha detto Ferdinando.

– Non si annoia? – gli ha chiesto a un certo punto mio padre.

– È il mio lavoro.

– E le piace?

– La notte preferirei dormire a casa con mia moglie. Però non mi piacerebbe alzarmi la mattina e andare a lavorare in fabbrica. Non potrei mai sentirmi libero come in queste ore che passo in silenzio sul mare.

Il mare era tranquillo, e ho pensato ai pesci che sotto di noi si stavano impigliando nella rete. La loro vita stava per finire, e sono rabbrividita.

Mio padre se n'è accorto e mi ha chiesto: – Hai freddo, Valentina?

– No, grazie papà, sto bene.

Ho chiuso gli occhi, cercando di non pensare a niente. In realtà mi sono messa a pensare a tante cose. Ho trascorso la notte in una specie di dormiveglia, e si può dire che abbia passato in rassegna tutta la mia vita. Ho pensato a quando ero piccola, ai miei amici, alla scuola, e sono riaffiorati alla memoria tanti episodi che avevo dimenticato: piccole gioie, piccole rabbie, feste di compleanno... All'alba, ero come stordita. E mentre tornavo a riva col pescatore e mio padre, mi è sembrato che stessi per iniziare una nuova vita.

A PESCA DI RICORDI

– Come sei pallida! – ha esclamato mia madre vedendomi entrare in casa con gli occhi stanchi. – Bevi del latte caldo e poi vai subito a letto. E anche tu – ha detto rivolta a mio padre – è meglio che ti fai una buona dormita per recuperare.

Quando mi sono svegliata, la stanza era ancora al buio. Che avessi dormito tutto il giorno e fosse già notte? Non potevo crederci.

E infatti non era così. Ho dato una sbirciata al mio orologio con le lancette fosforescenti e ho visto che erano le due.

– Mamma! – ho gridato.

– Sei già sveglia? – mi ha chiesto entrando in camera e tirando su le tapparelle.

– Sì. Avete pranzato?

– Per forza, tuo fratello aveva fame.

– Anch'io ho una fame da lupi.

– Ho tenuto il piatto in caldo. Sei sicura di star bene?

– Mai stata meglio.

– Che idea! Passare la notte in mare!

– Avresti dovuto esserci anche tu, mamma. È stato bello.

– Cosa hai scoperto di nuovo?

– Me stessa.

– Non capisco.

– È un po' difficile da spiegare.

– Valentina, non metterti a fare la complicata.

– Mamma, come sei ingenua! Ma è proprio per questo che mi piaci.

UN GIRO IN GIOSTRA. UN GELATO IN CREMERIA

Verso le cinque sono scesa a passeggiare con mio padre.

– C'era Cathy in spiaggia – mi ha detto.

– Le hai detto della nostra avventura in barca?

– Naturalmente. È facile andare d'accordo con lei?

– Cathy è molto simpatica e mi piacerebbe averla per amica. Le chiederò di darmi il suo indirizzo quando partiamo. Posso, papà? Vorrei scriverle ogni tanto.

Abbiamo attraversato la strada e siamo andati sul lungomare. In una piazzola c'era una giostra per bambini. Ma era ferma, e il proprietario stava sgranocchiando delle noccioline.

Mi sono fermata davanti alla giostra e ho osservato i cavalli, le autopompe dei vigili del fuoco, gli aerei, le automobiline.

Ero così presa da quei giocattoli verniciati e lucidi, che non ho quasi sentito le parole di papà quando si è rivolto al proprietario della giostra e gli ha chiesto: – Si potrebbe fare un giro?

L'uomo lo ha guardato stupito e ha risposto: – Di solito aspetto che ci siano un po' di bambini per metterla in funzione. E adesso ce n'è solo una – ha aggiunto accennando a me.

– No, siamo in due – ha detto mio padre.

L'uomo ha alzato le spalle, ha posato le noccioline su un banchetto e ha borbottato: – Salite.

Io ho guardato mio padre. Ero sbalordita.

Ma dentro di me ero anche felice. E mi sono chiesta: «Che cosa sta succedendo a papà?».

– A te la scelta, Valentina – mi ha detto.

– Salirò su un cavallo – ho deciso dopo aver esitato un po'.

– Anch'io. Nell'automobilina o nell'aereo non ci sto.

La giostra si è messa a girare.

Quand'era stata l'ultima volta che ero salita su una giostra per bambini? Ho fatto uno sforzo per ricordarmi, ma non ci sono riuscita.

Ero così concentrata a ritornare indietro nel tempo, che non mi sono accorta dei bambini che si erano affollati intorno alla giostra insieme ai genitori e ai nonni.

Quando la giostra si è fermata, i bambini si sono precipitati a prendere posto.

Il proprietario ha raccolto i soldi e ha rilasciato i biglietti. E prima di gridare: – Tutti pronti? Si parte! – si è rivolto a noi e ci ha detto: – Ritornate di nuovo. Il prossimo giro è gratis.

– Ti va un gelato?– mi ha chiesto poi mio padre.

– Un gelato mi va sempre, lo sai.

– Allora entriamo in quella cremeria.

Entrati nella cremeria, ci aspettava una sorpresa. Sedute a un tavolo, c'erano Cathy e la sua madrina.

– Ehi, guarda chi si rivede! Ciao, Valentina. Venite, venite, mangiamo il gelato insieme – ha gridato Cathy.

Alla fine, Reginella ha voluto pagare per tutti e ha detto a mio padre: – Cathy mi ha raccontato che lei e sua figlia avete passato la notte scorsa in mare.

– Già, in compagnia di un pescatore.

– Forse ogni tanto dovrei farlo anch'io, visto che soffro di insonnia. Fino a quando vi tratterrete a Loano?

– Pensiamo di ripartire il venticinque di agosto.

– Così presto?! – ha esclamato Cathy.

– Tu invece fino a quando resterai qui? – le ho chiesto.

– Fino a metà settembre, quando ricominceranno le scuole. Ci scambiamo i numeri di telefono, Valentina?

– Naturalmente.

– Beh, a quanto pare è nata una grande amicizia! – ha esclamato Reginella. – Magari vi rivedrete l'anno prossimo.

– Speriamo di sì – ha detto mio padre.

Abbiamo salutato Cathy e Reginella e siamo tornati a casa.

– Mi piacciono molto – ha commentato mio padre.

LE AMICHE E IL MONDO. I LIBRI E LE STORIE

I giorni sono passati in fretta, e l'amicizia con Cathy è diventata più forte. Mi sono accorta che con lei era possibile parlare di tutto, proprio come con Ottilia.

Ma a Ottilia non avrei detto niente. Non volevo che le venisse un attacco di gelosia. Ottilia è molto preziosa per me: per undici mesi l'anno siamo come sorelle gemelle.

Mi chiedo come mi sentirei io se un giorno scoprissi che lei ha una grande amicizia con qualcun'altra. Da una parte mi sentirei tradita. Dall'altra dovrei convincermi che è giusto farsi altre amiche. Il mondo è grande, ed è normale volerlo conoscere il più possibile.

E le amiche ti aiutano a conoscere il mondo, perché ti raccontano tante cose di sé. Quante non ne raccontano nemmeno ai genitori. Ottilia, di me, sa più cose di quante non ne sappia mia madre, per esempio.

Cathy continua a leggere libri e mi dà spesso dei consigli.

– Leggi questi libri – mi dice. – Sono sicura che ti piaceranno. Fidati di me.

Io mi fido sempre dei suggerimenti che mi danno le amiche. Abbiamo gli stessi gusti in fatto di libri. L'unico adulto che sapeva quali erano i libri che mi sarebbe piaciuto leggere era il mio maestro. Chissà se alla scuola media troverò almeno un professore che gli somigli! L'estate sta passando e l'inizio della nuova scuola si avvicina.

Oggi, mentre me ne stavo distesa su un asciugamano a prendere il sole, Cathy mi ha chiesto: – A cosa stai pensando, Valentina? Ti vedo così silenziosa!

– Sto pensando alla scuola che comincia a settembre.

– Per carità, non parlarmi di scuola.

– Perché?

– Perché sarò sommersa di compiti fin dal primo giorno e dovrò dire addio alle mie letture.

– Non ho mai trovato una persona che leggesse quanto te. E dire che anch'io leggo parecchio.

– Non posso farne a meno. Mio padre dice che prima o poi perderò la testa. Però quando gli chiedo di comprare un libro non mi dice mai di no.

Il sole si è coperto e sono rabbrividita.

– Il tempo sta cambiando – ho detto.

– Sembra proprio di sì. Purtroppo.

UNA RETE DA PESCA, I SOGNI PIÙ BELLI

Ieri è stato il nostro ultimo giorno a Loano. Nel pomeriggio pioveva, così sono andata con mio padre a casa di Reginella, a salutare lei e Cathy.

– Prego, prego, entrate – ci ha detto Reginella aprendo la porta.

– Che tempo, che tempo! – ha ripetuto mentre ci faceva strada nel salotto, arredato con mobili antichi. – Va bene il tè?

– Va benissimo – le ha risposto mio padre.

Cathy era scura in volto.

– La pioggia mi immalinconisce – mi ha detto. – Soprattutto quando cade sul mare.

Non riesco a immaginare una scena più triste. E così, te ne vai...

– Sarebbe inutile restare ancora – le ha detto mio padre. – Le previsioni promettono pioggia per il resto della settimana.

Reginella è tornata spingendo un carrellino sul quale c'erano una teiera, delle tazze e alcune fette di torta.

– Prego, servitevi – ha detto. – Vuoi del limone nel tè, Valentina?

– Sì, grazie.

– Per me niente. Lo prendo naturale – ha detto mio padre.

– Ottima scelta – ha detto Reginella sorridendogli. – Questo tè verde ha un sapore e un gusto speciali, vedrà.

Dopo averne bevuto un paio di sorsi, mio padre ha fatto i complimenti a Reginella, e io sono rimasta molto perplessa. Lui, infatti, non beve mai tè. Beve solo caffè macchiato con un dito di latte. Perciò non capivo come facesse a piacergli quel tè senza zucchero, senza limone né altro.

Forse aveva voluto fare l'intenditore con Reginella. Comunque Reginella aveva apprezzato i suoi complimenti.

– Allora, all'anno prossimo! – ha detto rivolta a me e a mio padre.

– Quasi certamente – ha risposto lui.

Verso le sei siamo andati via. La pioggia era cessata, ma il cielo restava grigio. E il mare era livido: triste, come aveva detto Cathy.

Prima di tornare a casa, ci siamo fermati davanti a un negozietto che vendeva ogni genere di ricordi. L'interno era come una caverna, e dietro il banco c'era una donna piuttosto anziana con i capelli grigi e gli occhiali.

– Entriamo, voglio dare un'occhiata – mi ha detto mio padre.

Ha frugato dappertutto e ha via via scartato un faro, una perla e una conchiglia, una barca cesellata e un salvagente di legno.

– Prendo questa – ha detto infine alla donna, che lo osservava paziente.

E da una scatola ha estratto una rete da pesca fatta di cordicelle.

La donna l'ha messa in un sacchetto di plastica, mio padre ha pagato e quando siamo usciti dal negozio, me l'ha data e mi ha detto: – È per te, Valentina. Ti piace?

– È carina – gli ho risposto. – Perché hai scelto proprio la rete da pesca?

– Perché spero che in questa rete restino impigliati i tuoi sogni più belli.

Poco dopo l'alba, abbiamo imboccato l'autostrada. Le nuvole si stavano diradando, e stava per uscire il sole.

Meno male, mi sono detta. Volevo proprio tornare a casa con la promessa di una bella giornata.

Arrivederci
alla prossima
avventura!

INDICE

I LIBRI DI VALENTINA

V come Valentina
La vita quotidiana di Valentina: l'amica del cuore, il ragazzo che le piace, una gattina da salvare...

Un amico Internet per Valentina
In rete, Valentina trova un nuovo amico: si chiama Jack ed è molto simpatico!

In viaggio con Valentina
Valentina parte per la Cornovaglia... quante avventure in questo misterioso paese!

A scuola con Valentina
Valentina ha un maestro speciale, che narra storie meravigliose e difende sempre i suoi alunni...

Un mistero per Valentina
Valentina va in gita scolastica a Zurigo. Sarà una settimana piena di misteri da risolvere!

La cugina di Valentina
La vita di Valentina si svolge tranquilla, ma un giorno la sua mamma perde la memoria...

Gli amici di Valentina
Quanti amici ha Valentina! Ognuno con il suo carattere e la sua storia da raccontare...

L'estate di Valentina
Finalmente le vacanze! Tra montagna, lago e mare Valentina non ha certo il tempo di annoiarsi.

La famiglia di Valentina
La mamma di Valentina deve essere operata, e lei impara a cavarsela da sola in casa...

Quattro gatti per Valentina
Alice, la gatta di Valentina, sta aspettando i cuccioli e ci sono veramente tante cose a cui pensare...

Buon Natale, Valentina!
Il Natale si avvicina e Valentina si dedica ai preparativi insieme a un'amica speciale!

Sempre nel Battello a Vapore:

Serie Arancio
Le fatiche di Valentina
Non arrenderti, Valentina!
Cosa sogni, Valentina?

Serie Rossa
Ciao, Valentina!

CHI È ANGELO PETROSINO?

Care lettrici e cari lettori, ho pensato di parlarvi di me perché mi chiedete sempre di farlo quando vi incontro nelle scuole o nelle biblioteche. Sono sempre stato un bambino vivace e curioso. Non stavo mai in casa e mi arrampicavo sugli alberi, per guardare il mondo dall'alto. Era facile, perché abitavo in campagna. Poi un giorno ho lasciato il mio paese perché mio padre aveva trovato lavoro in Francia. Avevo dieci anni. Ho vissuto esperienze indimenticabili prima in Auvergne poi a Parigi. Tornato in Italia, ho dovuto imparare di nuovo l'italiano. Per questo oggi la lingua italiana è per me il patrimonio più prezioso: di ogni parola amo il suono, il significato, le immagini che evoca. Non pensavo che un giorno mi sarei trovato a insegnarla. All'inizio infatti ho studiato da perito chimico. Poi un giorno mi sono affacciato a un'aula di scuola ele-

Angelo a dieci anni, in Auvergne

mentare. Ero imbarazzato. «Come ci si comporta con i bambini?» mi sono chiesto. Allora ho ricordato che i momenti più belli della mia infanzia erano quando mio nonno mi raccontava storie. Così ho cominciato a leggere ai miei alunni. Da allora sono diventato "il maestro che racconta storie". Ma ho sempre ascoltato le storie, i desideri, i sogni dei bambini. Quante cose ho imparato!

Angelo Petrosino

Col tempo ho iniziato a scrivere libri in cui i protagonisti erano proprio loro.

Così è nato il personaggio di Valentina: curiosa, irrequieta, intelligente, capace di ascoltare le sue emozioni e con una gran voglia di vivere.

A proposito, mi piacerebbe sapere cosa ne pensate dei miei libri. Se volete, scrivetemi qui:

www.angelopetrosino.it

Prometto una risposta veloce e personale a tutti!

CHI È SARA NOT?

Sara Not ha ben trent'anni però disegna ancora come una bambina (e solo quando ne ha voglia). Va e viene tra Milano e Trieste e non si sa mai dov'è. Il fatto è che si fa trasportare dalla bora, vento capriccioso e freddino del nord est, anche se fa credere a tutti di viaggiare in treno.

Da due anni vive con Sissi, amica fedele, chiamata anche Mocio Vileda o Patata, una cagnolina pelosa dallo sguardo dolcissimo (se si riesce a scovarne gli occhi sotto il ciuffo). Insieme inventano, disegnano, colorano, ma è Sissi che fa il grosso del lavoro... E c'è qualcuno che dice che si vede! Ma sono malelingue.

Sara a quattro anni, con la sorellina Elisa

Quando il loro mirabolante computer Mac Pino va in tilt, inforcano la vecchia bicicletta verde e sfrecciano verso il parco. Da secoli Sissi tenta di insegnare a Sara ad andare senza mani, ma è un caso senza speranza. Durante queste spericolate evoluzioni ciclistiche, la coraggiosa cagnolina, affacciata al manubrio dal suo cestino, lancia appelli disperati ai passanti. Bambini, se le vedete, non esitate a intervenire!

Sara Not

Tornate nella loro mansarda, leggono un bel libro, mettono su un cd, cucinano una buona cenetta e sono pronte a uscire con gli amici. Quando si annoiano, aspettano la bora che le porta al mare.

IL BATTELLO A VAPORE

Serie Azzurra
a partire dai 7 anni

1. Christine Nöstlinger, *Cara Susi, caro Paul*
2. Fernando Lalana, *Il segreto del parco incantato*
3. Roberta Grazzani, *Nonno Tano*
4. Russell E. Erickson, *Il detective Warton*
5. Ursel Scheffler, *Inkiostrik, il mostro dell'inchiostro*
6. Christine Nöstlinger, *Storie del piccolo Franz*
7. Ursula Wölfel, *Augh, Stella Cadente!*
8. María Puncel, *Un folletto a righe*
9. Mira Lobe, *Ingo e Drago*
10. Klaus-Peter Wolf, *Lili e lo sceriffo*
11. Derek Sampson, *Brontolone e il mammut peloso*
12. Christine Nöstlinger, *Un gatto non è un cuscino*
13. David A. Adler, *Il mistero della casa stregata*
14. Mira Lobe, *La nonna sul melo*
15. Paul Fournel, *Supergatto*
16. Guido Quarzo, *Chi trova un pirata trova un tesoro*
17. Hans Jürgen Press, *Le avventure della Mano Nera*
18. Irina Korschunow, *Il drago di Piero*
19. Renate Welsh, *Con Hannibal sarebbe un'altra cosa*
20. Christine Nöstlinger, *Cara nonna, la tua Susi*
21. Ursel Scheffler, *Inkiostrik, il mostro delle tasche nauseabonde*
22. Sebastiano Ruiz Mignone, *Guidone Mangiaterra e gli Sporcaccioni*
23. Mirjam Pressler, *Caterina e... tutto il resto*
24. Consuelo Armijo, *I Batauti*
25. Derek Bernardson, *Un'avventura rattastica*
26. Ursel Scheffler, *Inkiostrik, il mostro dello zainetto*
27. Terry Deary, *L'anello magico e la Fabbrica degli Scherzi*
28. Hazel Townson, *La grande festa di Victor il solitario*
29. Toby Forward, *Il settimanale fantasma*
30. Jo Pestum, *Jonas, il Vendicatore*
31. Ulf Stark, *Sai fischiare, Johanna?*
32. Dav Pilkey, *Le mitiche avventure di Capitan Mutanda*
33. Francesca Simon, *Non mangiate Cenerentola!*

34. Ursel Scheffler, *Inkiostrik, il mostro del circo*
35. Russell E. Erickson, *Warton e i topi mercanti*
36. Anne Fine, *Cane o pizza?*
37. Jeremy Strong, *C'è un faraone nel mio bagno!*
38. Ursel Scheffler, *Inkiostrik, il mostro dei pirati*
39. Friedrich Scheck, *Il mistero dell'armatura scomparsa*
40. Sjoerd Kuyper, *Il coltellino di Tim*
41. Ulf Stark, *Il Club dei Cuori Solitari*
42. Sebastiano Ruiz Mignone, *La guerra degli Sporcaccioni*
43. Maria Carla Pittaluga, *Il piccolo robot*
44. Jacqueline Wilson, *Scalata in discesa*
45. Rindert Kromhout, *Peppino*
46. Ursel Scheffler, *Inkiostrik, il mostro del Luna Park*
47. Anna Vivarelli, *Mimì, che nome è?*
48. Dav Pilkey, *Capitan Mutanda contro i Gabinetti Parlanti*
49. Dav Pilkey, *Capitan Mutanda contro i malefici zombi babbei*
50. Anna Lavatelli, *Ossi di dinosauro*

Serie Azzurra ORO

1. Paula Danziger, *Ambra Chiaro non è un colore*
3. Anne Fine, *Teo vestito di rosa*
4. Paula Danziger, *Punti rossi su Ambra Chiaro*
5. Bernardo Atxaga, *Shola e i leoni*
6. Paula Danziger, *Ambra Chiaro va in quarta*
7. Ondrej Sekora, *Le avventure di Ferdi la formica*

IL BATTELLO A VAPORE

Serie Arancio
a partire dai 9 anni

1. Mino Milani, *Guglielmo e la moneta d'oro*
2. Christine Nöstlinger, *Diario segreto di Susi. Diario segreto di Paul*
3. Mira Lobe, *Il naso di Moritz*
4. Juan Muñoz Martín, *Fra Pierino e il suo ciuchino*
5. Eric Wilson, *Assassinio sul "Canadian-Express"*
6. Eveline Hasler, *Un sacco di nulla*
7. Hubert Monteilhet, *Di professione fantasma*
8. Carlo Collodi, *Pipì, lo scimmiottino color di rosa*
9. Alfredo Gómez Cerdá, *Apparve alla mia finestra*
10. Maria Gripe, *Ugo e Carolina*
11. Klaus-Peter Wolf, *Stefano e i dinosauri*
12. Ursula Moray Williams, *Spid, il ragno ballerino*
13. Anna Lavatelli, *Paola non è matta*
14. Terry Wardle, *Il problema più difficile del mondo*
15. Gemma Lienas, *La mia famiglia e l'angelo*
16. Angelo Petrosino, *Le fatiche di Valentina*
17. Jerome Fletcher, *La voce perduta di Alfreda*
18. Ken Whitmore, *Salta!!*
19. Dino Ticli, *Sette giorni a Piro Piro*
21. Peter Härtling, *Che fine ha fatto Grigo?*
22. Roger Collinson, *Willy e il budino di semolino*
23. Hazel Townson, *Lettere da Montemorte*
24. Chiara Rapaccini, *La vendetta di Debbora (con due "b")*
25. Christine Nöstlinger, *La vera Susi*
26. Niklas Rådström, *Robert e l'uomo invisibile*
27. Angelo Petrosino, *Non arrenderti, Valentina!*
28. Roger Collinson, *Willy acchiappafantasmi e gli extraterrestri*
29. Sebastiano Ruiz Mignone, *Il ritorno del marchese di Carabas*
30. Phyllis R. Naylor, *Qualunque cosa per salvare un cane*
33. Anna Lavatelli, *Tutti per una*
34. G. Quarzo - A. Vivarelli, *La coda degli autosauri,* Premio "Il Battello a Vapore" 1996
35. Renato Giovannoli, *Il mistero dell'Isola del Drago*

IL BATTELLO A VAPORE

36. Roy Apps, *L'estate segreta di Daniel Lyons*
37. Gail Gauthier, *La mia vita tra gli alieni*
38. Roger Collinson, *Zainetto con diamanti cercasi*
39. Angelo Petrosino, *Cosa sogni, Valentina?*
40. Sally Warner, *Anni di cane*
41. Martha Freeman, *La mia mamma è una bomba!*
42. Carol Hughes, *Jack Black e la nave dei ladri*
43. Peter Härtling, *Con Clara siamo in sei*
44. Galila Ron-Feder, *Caro Me Stesso*
45. Monika Feth, *Ra-gazza ladra*
46. Dietlof Reiche, *Freddy. Vita avventurosa di un criceto*
47. Kathleen Karr, *La lunga marcia dei tacchini*
48. Alan Temperley, *Harry e la banda delle decrepite*
49. Simone Klages, *Il mio amico Emil*
50. Renato Giovannoli, *Quando eravamo cavalieri della Tavola Rotonda*
51. Louis Sachar, *Buchi nel deserto*
52. Luigi Garlando, *La vita è una bomba!*, Premio "Il Battello a Vapore" 2000
53. Sebastiano Ruiz Mignone - Guido Quarzo, *Pirati a Rapallo*
54. Chiara Rapaccini, *Debbora va in tivvù!*
55. Henrietta Branford, *Libertà per Lupo Bianco*
56. Pinin Carpi, *Cion Cion Blu*

Serie Arancio ORO

1. Renato Giovannoli, *I predoni del Santo Graal*, Premio "Il Battello a Vapore" 1995
3. Peter Härtling, *La mia nonna*
5. Katherine Paterson, *Un ponte per Terabithia*
6. Henrietta Branford, *Un cane al tempo degli uomini liberi*
7. Sjoerd Kuyper, *Robin e Dio*
8. Louis Sachar, *Buchi nel deserto*
9. Henrietta Branford, *Libertà per Lupo Bianco*

IL BATTELLO A VAPORE

Piccoli Investigatori
a partire dagli 8 anni

1. Ron Roy, *Il mistero dell'albergo stregato*
2. Ron Roy, *Il mistero della mummia scomparsa*
3. Ron Roy, *Il mistero del castello fantasma*
4. Ron Roy, *Il mistero del tesoro sommerso*
5. Ron Roy, *Il mistero della pietra verde*
6. Ron Roy, *Il mistero dell'isola invisibile*

I Brividosi
a partire dai 9 anni

1. P. P. Strello, *Il ritorno dello spaventapasseri*
2. P. P. Strello, *Il pozzo degli spiriti*
3. P. P. Strello, *La notte delle streghe*
4. P. P. Strello, *Un magico Halloween*
5. P. P. Strello, *La casa stregata*
6. P. P. Strello, *Il pianoforte fantasma*

Il magico mondo
di Deltora
a partire dai 9 anni

1. Emily Rodda, *Le Foreste del Silenzio*
2. Emily Rodda, *Il Lago delle Nebbie*
3. Emily Rodda, *La Città dei Topi*
4. Emily Rodda, *Il Deserto delle Sabbie Mobili*
5. Emily Rodda, *La Montagna del Terrore*
6. Emily Rodda, *Il Labirinto della Bestia*
7. Emily Rodda, *La Valle degli Incantesimi*
8. Emily Rodda, *La Città delle Sette Pietre*

Questo libro non è vendibile
se sprovvisto del presente tagliando

PROVA D'ACQUISTO
IL BATTELLO A VAPORE
VALENTINA
N° 8